KB114492

임영기 **新무협 판타지 소설**
FANTASTIC ORIENTAL HEROES

와룡봉추 8

임영기 新무협 판타지 소설

초판 1쇄 찍은 날 § 2019년 7월 10일
초판 1쇄 펴낸 날 § 2019년 7월 17일

지은이 § 임영기
펴낸이 § 서경석

총괄팀장 § 노종아
편집책임 § 김경민

펴낸곳 § 도서출판 청어람
등록번호 § 제387-1999-000006호
등록일자 § 1999. 5. 31
어람번호 § 제2-2799호

주소 § 경기도 부천시 부일로 483번길 40 서경B/D 3F (우) 14640
전화 § 032-656-4452 팩스 § 032-656-4453
http://www.chungeoram.com
E-mail § chungeorambook@daum.net

ISBN 979-11-04-92024-0 04810
ISBN 979-11-04-91921-3 (세트)

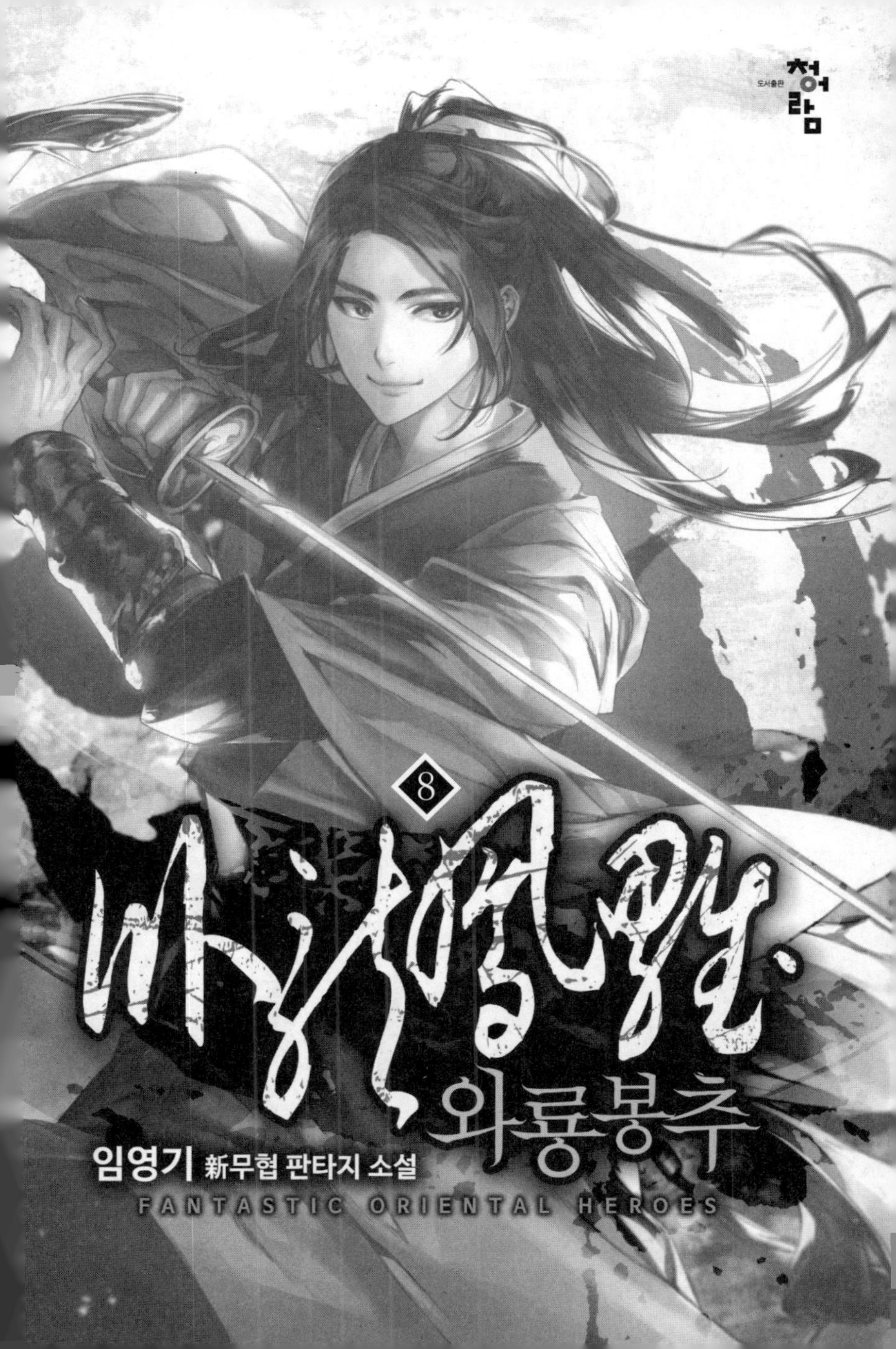
도서출판 청어람
8
와룡봉추
임영기 新무협 판타지 소설
FANTASTIC ORIENTAL HEROES

目次

第一章
천음절맥(天陰絶脈)

　돌계단 아래에 모여 있는 숭무문 문도들 중에서 수십 명이 화운룡 쪽으로 천천히 움직이기 시작했다.

　그러더니 그 수가 점점 더 많아졌고 나중에는 백여 명이 원래 무리에서 떨어져 나와 화운룡 쪽으로 이동했다.

　그때 돌계단 위에서 여태까지 잠자코 있던 숭무문주가 발악적으로 외쳤다.

　"뭣들 하느냐? 저 배신자들을 죽여라!"

　차차창!

　순간 원래 무리에 있던 자들 중에 수십 명이 검을 뽑으며 무리에서 이탈한 자들을 공격해 갔다.

투하아악!

쉐애앵!

그 순간 허공을 떨어 울리는 강렬한 음향이 터졌다.

퍼퍼퍼퍼퍽!

"큭!"

"끅!"

"커흑!"

공격하던 자들 삼십여 명이 무령강전에 맞아 거꾸러졌다.

그들은 무리 속에 섞여 있었지만 무령강전은 공격하는 자들만 골라서 꽂혔다.

공격하지 않고 그 자리에 서 있던 문도들은 소스라치게 놀라서 그 자리에 얼어붙었다.

무령강전이 서 있는 그들 사이를 요리조리 스치고 지나가서 공격하려는 자들에게만 꽂혀 버렸기 때문이다.

그리고 돌계단 위에서 숭무문주가 옆구리에 무령강전을 맞고 한쪽 무릎을 꿇은 채 손으로 바닥을 짚고 있다.

"끄으으……."

화운룡 쪽으로 이동하는 문도들을 공격하라고 악을 썼기 때문에 숭무문주에게도 무령강전이 발사된 것이다.

그는 그래도 문주라고 한 가닥 재주가 있어서 재빨리 피하기는 했는데, 무령강전이 오른쪽 옆구리로 쑤시고 들어와서 반대쪽 등허리 쪽으로 두 뼘이나 빠져나왔다.

화운룡 쪽으로 가려던 자들은 원래 백여 명이었으나 이런 소동이 일어나자 갑자기 이백여 명으로 불어났다.

조금이라도 더 우세한 쪽으로 자신의 운명을 맡기려는 본능적인 행동이다.

화운룡 쪽에는 숭무문도 이백여 명이 서 있으며 돌계단 아래에는 쓰러진 자가 삼십여 명, 그리고 남아 있는 자가 이십여 명, 그리고 돌계단 위에 간부급이 일곱 명이다.

장하문이 오른손을 들어 올려 신호를 보냈다. 내 편과 적이 분명하게 가려졌으니 벌을 내리는 것이다.

순간 마당 양쪽의 비룡, 해룡검대 오십 명이 일제히 무령강전을 발사했다.

투아학!

쉐앵!

놀라고 자시고 할 사이도 없이 돌계단 위아래의 이십칠팔 명이 무령강전에 맞아 거꾸러졌다.

퍼퍼퍼퍽!

"흐윽!"

"캑!"

장하문은 분명히 경고를 했고 기회를 여러 번 주었다.

돌계단 아래에 남아 있던 숭무문도 이십여 명과 돌계단 위의 간부 일곱 명이 변변하게 반항조차 하지 못하고 화살에 꽂혀 죽는 광경을 보고는 마지막 순간에 화운룡 쪽으로 붙은 숭무문도들은 간이 서늘해지는 것을 느꼈다.

장하문이 이쪽에 모인 이백여 명을 굽어보며 명령했다.

"모두 무기를 버리고 상의를 벗어 알몸을 드러내라."

천외신계 녹성고수는 목 뒤에 녹성 표식이 있으므로 그것을 확인하려는 것이다.

이쪽으로 왔다고 해서 무조건 다 믿는 것은 아니다. 이백여 명 속에 녹성고수가 자신의 신분을 숨긴 채 섞여 있을 수도 있기 때문이다.

장하문의 말이 떨어지기 무섭게 상의를 훌훌 벗는 사람이 대부분인 반면에 그들 중에 이십여 명은 주춤거리면서 눈치를 살폈다.

화운룡과 장하문 등은 매의 눈으로 그들을 날카롭게 주시했다. 주춤거리며 눈치를 살피는 꼬락서니가 모르긴 해도 그들이 녹성고수일 것이다. 이백여 명 속에 은근슬쩍 묻으려다가 제대로 걸렸다.

화운룡이 보니까 우물쭈물하면서 상의를 벗지 않고 있는 자들은 자기들끼리 전음을 주고받는 것 같았다.

어느 한순간 옷을 벗지 않고 있던 자들이 일제히 검을 뽑으며 몸을 날려 마상의 화운룡 등을 공격해 왔다.

차차창!

그들과 화운룡의 거리는 이 장에 불과해서 몸을 날리면서 검을 힘껏 뻗기만 하면 화운룡의 몸을 찌르거나 벨 수 있을 것 같았다.

명림과 당평원, 모산파 원 자 돌림 세 명의 사형제는 움찔 놀라 검을 뽑으면서 방어하려고 했다.

그러나 그보다 빨리 두 번째 열의 조연무와 전중, 창천의 비폭도류가 허공을 갈랐다.

쉬이잇!

한 명이 세 자루씩, 도합 아홉 자루의 비도가 허공을 가르는 것과 때를 같이하여 숙빈과 도도의 채찍 파우편이 빠르게 쏘아나갔다.

짜아악!

그리고 백진정과 화지연의 창이 번개처럼 튀어 나갔으며, 그와 동시에 당한지와 당검비, 벽상의 손가락에서 지풍 항룡지가 뿜어졌다.

퍼퍼퍼퍼퍽!

"큭!"

"허윽!"

"으왁!"

설명은 길지만 용신들의 반응하는 속도는 똑같았다.

가죽 북을 두드리는 소리와 어지러운 비명성이 한데 뒤섞여 터져 나왔다.

쿠쿠쿵! 쿵쿵!

공격하던 자 이십삼 명은 아홉 자루 비도에 정확하게 미간이 꽂히고, 채찍 파우편에 목이 감겨서 잘렸으며, 창과 항룡지에 미간과 목, 심장이 꿰뚫려서 후드득 썩은 고목처럼 땅에 떨어졌다.

장내에 잠시 고요함이 흘렀다.

돌계단 위의 숭무문주와 간부들, 그 아래 반항하거나 경고를 무시한 자들의 주검이 엄숙하게 누워 있다.

저 주검들 중에서 누가 녹성고수이고 누가 아닌지는 이 시점에서 구태여 가려낼 필요가 없다.

그렇지만 살아 있는 자들 중에서는 녹성고수가 있는지 확인을 해야만 한다.

확인 결과 백칠십육 명의 숭무문도들 중에서 녹성고수는 한 명도 없었다. 상의를 탈의하여 맨몸을 드러내라고 했을 때 녹성고수들은 이미 자신들의 운명을 결정한 것이다.

최종적으로 살아남은 백칠십육 명의 숭무문도들은 모두 자신들의 문파가 외부 세력에 장악되었으며 자신들이 허수아비 노릇을 하고 있다는 사실을 알고 있었지만, 그 외부 세력이 무엇인지는 몰랐었다고 한다.

그런데 그 외부 세력이 삼천계의 전설인 천외신계라는 사실을 알고는 대경실색했다.

더구나 자신들의 문파가 천하무림을 장악하려는 천외신계의 음모에 첨병 노릇을 했다는 사실을 알고는 더욱 놀랐으며 심한 자책감에 빠졌다.

명림은 용신들과 비룡, 해룡검대의 무위를 처음 눈으로 확인하고 놀라움을 금치 못했다.

이틀 전에 화운룡 등이 호북연세가를 멸문시킨 천외신계 주력 고수들과 태극신궁, 숭무문을 비롯한 다섯 개 방파와 문파에서 보낸 도합 천여 명이나 되는 고수들을 몰살시켰을 때는, 명림의 눈으로 직접 보지 않았었기에 설마 하는 미심쩍음이 있었다.

그런데 방금 화운룡을 비롯한 십오룡신과 비룡, 해룡검대에서 선발된 오십 명이라는 적은 수만으로도 능히 대문파의 막강한 위력을 발휘한다는 사실을 깨달았다.

그녀는 새삼스러운 표정으로 화운룡을 쳐다보았다.

그녀가 보는 화운룡은 미래나 지금이나 천하제일인 십절무황일 뿐이다.

화운룡은 장하문과 무슨 얘기를 나누고 있었다.

명림은 화운룡을 쳐다보고 있다가 문득 그의 가슴을 보았다. 거기에는 두 개의 작은 구멍이 뚫려 있으며 거기에 한 쌍의 까만 눈이 있었다.

보진의 눈이다.

명림은 화운룡과 보진이 하나의 옷 속에 들어가서 합체를 한다는 사실을 얼마 전까지는 모르고 있었다.

해룡상단의 상선에서 화운룡을 만났을 때는 그를 처음 보는 것이니까 그의 약간 퉁퉁한 체구가 평소 화운룡의 모습인 줄만 알았다.

그런데 나중에 알고 보니 싸움에 임할 때만 보진이 만든 특수한 옷, 천옥보갑 속에 두 사람이 들어가서 합체를 하는 것이었다.

그래도 명림은 화운룡을 너무도 잘 알고 있기에 별로 염려하지 않았다.

저렇게 두 사람이 한 벌의 옷 속에 한 몸처럼 밀착되어 있어도 화운룡이 눈곱만큼도 욕정을 느끼지 않는다는 사실을 잘 알고 있기 때문이다.

그런 걸 알면서도 명림은 왠지 보진이 부럽다는 생각이 드는 것을 어쩌지 못했다.

'내가 무슨 생각을……'

까딱하다가는 과거 제자였던 보진을 질투하게 될지도 모른다는 생각에 명림은 쓴웃음이 났다.

그러나 그녀는 삼십여 년 동안 아미파의 불제자로서 깊은 불심을 쌓았으면서도 화운룡을 은밀하게 사모하고 있는 마음에 대해서는 아직 알아차리지 못했다.

　아마도 화운룡에게 향한 자신의 마음이 속된 것이 아니라고 믿고 있기 때문일 것이다.

　그때 명림과 보진의 시선이 마주쳤다.

　그러자 보진의 눈이 움찔 놀라는 듯하더니 부끄러워하는 것을 발견하고 명림은 살포시 미소를 지으며 보일 듯 말 듯 고개를 끄떡여 주었다.

　사부가 제자에게 주는 위로다.

　그래서인지 부끄러워하던 보진의 눈빛이 조금 풀어졌다.

　그때 명림은 두 사지 사실을 깨달았다.

　보진이 화운룡을 사랑하고 있다는 것, 그리고 화운룡에게 향한 명림 자신의 마음이 보진의 그것하고는 엄밀하게 다르다는 사실을 말이다.

　밤이 이슥해서야 화운룡 일행은 비룡은월문에 도착했다.

　숭무문만이 아니라 나머지 네 개의 방파와 문파의 녹성고수들, 그리고 어줍지 않은 천외신계에 대한 충성심으로 반항하던 자들까지 모조리 죽이고 그들 방파와 문파들을 깨끗이 정리했다.

또한 숭무문을 비롯한 다섯 개 방파와 문파를 대표하는 자 오십 명을 비룡은월문으로 데리고 왔다.

다섯 방파와 문파의 천외신계 잔당들을 소탕하는 것으로 일이 끝나는 것이 아니다.

오늘 한 일이 절반이라면, 다섯 방파와 문파를 정리하여 제 자리를 잡게 해주는 것이 나머지 절반이다.

그렇게 해야지만 비룡은월문을 중심으로 반경 백 리 이내 를 평화지대로 만드는 계획이 순조롭게 진행될 것이다.

화운룡이 비룡은월문으로 귀환하여 용황락으로 돌아왔을 때 하나의 좋지 않은 소식이 기다리고 있었다.

"호북연세가의 소가주가 위독합니다."

"무슨 소리야?"

비룡은월문의 의원인 호민원의 원주가 난감한 얼굴로 말하 자 화운룡은 어이없는 표정을 지었다.

"소가주 누구 말이냐?"

호북연세가의 소가주는 누나인 연림과 남동생 연오다.

화운룡은 육십 세가 넘은 호민원주에게 거침없이 하대를 했다. 이럴 때의 그는 자신이 팔십사 세의 십절무황이라고 착 각하고 있다.

"여자입니다. 연림이라고……."

처음 상선에서 화운룡이 직접 부상자들을 치료했을 때, 연림은 몇 군데 상처를 입긴 했지만 가볍게 베고 찔린 것과 장기가 자리를 조금 이탈한 가벼운 내상이 전부였다.

그래서 그가 조제한 약 금창분과 추명고를 바르고 탕약을 복용시키면 거뜬하게 나을 수 있다고 진단하여 대수롭지 않게 여겼었다.

"약이 듣지 않습니다. 이상한 일입니다. 문주께서 조제하신 약은 천하의 명약인데… 이런 경우는 처음 봅니다."

호민원주는 원림이 위독하게 된 것이 자신의 죄인 양 고개를 들지 못했다.

화운룡의 안색이 가볍게 변했다. 매우 드물게 약이 듣지 않는 경우가 있기는 있다.

그런데 그것은 약이 잘못된 것이 아니라 그 사람이 특수한 체질이기 때문이다.

화운룡이 조제한 약과 탕약은 절대다수를 차지하고 있는 보통 체질의 사람들에게 맞춰진 것이다.

그러므로 특수 체질이라면 맞지 않을 수도 있으며 심하면 부작용이 일어나게 된다. 지금 연림의 경우는 부작용, 그것도 매우 심한 상태인 것 같다.

옆에 있던 장하문이 재촉했다.

"가보십시오. 숭무문 등의 일은 제가 처리하겠습니다."

"가자."

화운룡이 호민원주보다 앞서 거의 뛰듯이 용황락을 나서자 당연하다는 듯이 보진이 뒤따랐고, 잠시 지켜보고 있던 명림 도 급히 뒤따라갔다.

*　　　　　*　　　　　*

호북연세가의 생존자 백칠십육 명이 묵고 있는 전각의 삼 층 어느 방으로 들어선 화운룡은 안색이 변했다.

저만치 침상에 누나 연림이 누워 있고 침상 앞에 놓인 의자 에 남동생 연오가 앉아 있는데, 실내를 가득 메우고 있는 퀴 퀴하면서도 묘한 악취가 화운룡의 코를 찔렀다.

'맙소사! 상처가 썩고 있다.'

별것도 아닌 가벼운 상처가 약을 잘못 썼다는 이유 때문에 덧나서 썩고 있는 것이다.

그런데 냄새를 맡았을 때 외상만이 아니라 내부의 장기가 썩고 있는 것이 분명했다.

화운룡이 즉시 침상으로 다가가서 보니 연림은 얼굴이 꺼 멓게 변해서 고통스러운 표정으로 눈을 감고 있는데 굵은 땀 이 가득했다.

확!

그가 이불을 걷었더니 악취가 더욱 심하게 확 풍겼다. 썩어도 매우 심하게 썩고 있는 것이 분명했다.

화운룡은 얇은 나삼 잠옷 차림인 연림을 가리키며 얼굴을 찌푸리고 지시했다.

"옷을 모두 벗겨라."

보진이 즉시 달려들면서 연오에게 말했다.

"나가요."

누나하고는 달리 마음이 여린 십구 세의 연오는 화운룡의 급한 표정을 보고는 누나가 잘못되는 것이라고 여겨서 눈물을 철철 흘렸다.

"누나를 살려주십시오……!"

연오가 나가는 것을 확인하지도 않고 보진은 서둘러서 연림의 나삼 잠옷을 벗겼다.

침상에 반듯한 자세로 누워 있는 연림의 몸이 드러났는데 온몸이 거무튀튀하고 겨드랑이 아래와 옆구리, 허벅지 세 군데 상처가 썩어서 검붉은 피고름이 흐르고 있었다. 그곳이 바로 악취의 근원지 중 하나였다.

기초적인 의술만 알고 있을 뿐인 보진과 명림은 그저 보고만 있고 호민원주는 난감한 표정이다.

화운룡은 먼저 연림의 손목을 잡고 맥을 짚었다.

잠시 시간이 흐른 뒤에 화운룡의 안색이 흠칫 변했다.

'천음절맥(天陰絕脈)인가?'

화운룡이 먼저 살았던 미래에서도 천음절맥은 한 번도 만난 적이 없었다.

그렇지만 희대의 의학인 명천신의학(命天神醫學)을 완벽하게 터득한 화운룡이 잘못 진맥했을 리가 없다.

하지만 그래도 실수라는 것이 있기에 그는 다시 한번 진맥을 해보았다.

연림의 체내에서는 보통 사람들하고는 전혀 다른 기운이 전혀 다른 혈맥과 기맥을 따라서 흐르고 있다.

그것은 식별하기가 매우 어려워서 뛰어난 의원이라고 해도 놓치기 십상이다.

'음, 천음절맥이 분명하다.'

두 번 진맥했지만 연림은 백만 명 중에 한 명 태어날까 말까 한 천음절맥이 틀림없다. 그가 두 번씩이나 진맥을 했는데도 그걸 모를 리가 없다. 설마 연림이 천음절맥일 줄은 예상하지 못했다.

"음……."

화운룡은 연림의 맥을 잡은 상태에서 미간을 좁히며 깊은 생각에 잠겼다.

그가 오십여 년 전에 공부한 방대한 분량의 명천신기학 중에서 천음절맥에 대한 내용을 반추하고 있는 것이다.

화운룡이 조제한 약은 인간이라면 어느 누구에게도 효능이 탁월하지만 천음절맥을 타고난 사람의 기혈은 그것을 받아들이지 않는다.

"으음……."

그때 연림이 힘겹게 눈을 반쯤 뜨고 자신을 진맥하고 있는 화운룡을 바라보았다.

"대협… 저는 죽나요……?"

화운룡은 찌푸린 얼굴로 계속 생각하면서 성의 없이 지나가는 말투로 대답했다.

"모르겠소."

"아……."

그는 명천신기학에서 천음절맥에 관한 내용을 다 기억해 냈지만 이런 상황에 어떻게 해야 하는지에 대한 기억은 없다. 그런 내용이 없었기 때문일 것이다.

"역시 저의 특이 체질 때문이군요……."

연림이 매우 힘없이 중얼거렸다.

"알고 있었소?"

자신이 죽을지도 모른다면 절망에 빠져서 울거나 제정신이 아닐 텐데도 연림은 뜻밖에 매우 침착했다. 아마도 자신이 특이 체질이라는 사실을 오래전부터 깊이 인지하고 있었기 때문인 것 같았다.

원래 그녀는 장기가 자리를 조금 이탈하는 가벼운 내상을 입었는데 지금은 그게 그녀를 죽이고 있는 주원인이다. 거기에다 그녀에게 복용시킨 탕약이 부작용을 일으켰다.

"저는 어렸을 때부터 몸이 약해서 자주 아팠어요. 아주 사소한 것까지도 저는 다른 사람들하고 많이 달라서 그들에게는 아무렇지도 않은 음식이나 행동 같은 것들이 저에게는 독약 같을 때가 많았어요."

문득 화운룡은 어떤 생각이 뇌리를 스쳤다. 그녀가 무공을 할 줄 안다는 사실에 착안했다.

천음절맥은 어떤 특수한 과정을 거치지 않고서는 무공을 익히지 못하기 때문이다.

"운공조식은 어떻게 익혔소?"

천음절맥이라면 보통의 운공조식 방법으로는 절대로 할 수가 없으며 공력이 축적되지도 않았을 것이다.

연림은 말하는 것이 힘겨운 듯 조금 헐떡거렸다.

"가문의 심법은 저한테 맞지 않았어요. 운공조식을 하기만 하면 혼절을 했으니까요."

천음절맥인 그녀가 일반적인 방법으로 운공조식을 했으니 당연히 기혈이 역행하여 혼절했을 것이다.

"그렇지만 저희 집안은 무가(武家)인데 장녀인 제가 무공을 배우지 않는다는 것은 말이 되지 않는 일이에요……."

그녀는 애써 희미한 미소를 지어 보였다.

"그래서 저는 몇 년 동안 각고의 노력 끝에 저만의 운공조식하는 방법을 터득했어요. 이가 없으면 잇몸인 거죠……."

화운룡은 뭔가 서광이 비치는 것을 느꼈다.

"운공조식을 한번 해보겠소?"

연림은 반개했던 눈을 조금 더 크게 떴다.

"지금… 말인가요?"

"어렵겠지만 해보시오. 그러면 그대를 치료할 수 있는 방법을 알아낼 수 있을 것 같소."

"아… 좀… 일으켜 주세요."

화운룡은 연림이 운공조식을 할 수 있도록 조심스럽게 안아서 일으켜 앉혔다.

앉은 연림은 그제야 자신이 벌거벗은 몸이라는 사실을 깨닫고는 크게 놀랐다.

"아……."

그러나 그녀는 제일 먼저 눈에 띄는 자신의 옆구리와 무릎 위 한 뼘쯤에 있는 피고름투성이 상처를 보고 어떻게 된 일인지 짐작했다.

그녀의 오른쪽 겨드랑이 반 뼘 아래에도 피고름 상처가 하나 더 있었다.

그녀는 이해심이 많으며 상황 판단이 빠르지만 화운룡 앞에서 전라가 됐다는 사실에 충격을 받은 듯했다.

그녀는 허둥거리면서 자신의 벗은 몸을 덮을 옷이나 이불을 찾으려고 두리번거렸다.

"나는 의원이오."

하지만 화운룡의 한마디에 그녀는 동작을 멈추고 그를 말끄러미 응시했다.

"그대가 어떤 상태인지 확인하려면 어쩔 수 없었소."

연림은 눈을 내리깔았다.

그녀는 자신의 평소 늘씬하고 빛나는 육체가 지금은 한낱 고깃덩어리 같다는 생각이 들어서 부끄러움을 떨치기가 어려웠다.

화운룡은 이런 상황에서 여자를 달래는 재주가 없어서 제할 말만 했다.

"운공조식을 해보시오."

명림은 이럴 때 아무래도 자신이 나서야겠다고 생각했다.

그런데 보진이 먼저 나서며 팔로 부드럽게 연림의 어깨를 감쌌다.

"주군께선 정인군자예요. 여자를 돌처럼 여기지요."

보진이 옆에 있는 화운룡을 살짝 흘기면서 말을 잇는 것을 명림은 발견했다.

"나는 나신으로 주군께 추궁과혈수법을 한 시진이나 당한 적도 있었어요."

연림은 반색했다.

"그래요?"

"그런데도 주군께선 무덤덤하셨어요. 마치 나를 돌부처 대하듯 하셨거든요."

"정말 정인군자시군요."

연림의 표정이 밝아졌다.

화운룡은 어째서 저따위 말이 연림을 위로할 수 있는 것인지 이해가 되지 않았다.

명림의 뇌리에는 방금 전 보진이 화운룡을 곱게 흘기던 모습이 칼로 새기듯 각인되었다.

명림은 자신도 화운룡을 그런 식으로 곱게 흘긴 적이 있는지 곰곰이 생각해 봤지만 곧 씁쓸한 표정을 지었다.

한 번도 그런 적이 없기 때문이다. 아마도 아미파의 장로였다는 최후의 단단하고 높은 벽이 언제나 그녀를 가로막았던 것 같았다.

"음……"

연림은 낮은 신음 소리를 흘리면서 운공조식에 돌입했다.

운공조식을 하는 도중에 그 사람을 건드리면 안 되지만 처음부터 연림의 손목을 잡고 있던 화운룡의 경우는 괜찮았다.

연림이 운공조식을 하면서 공력을 어떻게 유도하는지 한동안 관찰한 화운룡은 이윽고 고개를 끄떡였다.

'천음절맥은 기경십이맥(奇經十二脈)이다. 이건 정말 놀라운 사실이로군.'

사람들은 절대다수가 보편적으로 기경팔맥(奇經八脈) 즉, 여덟 개의 맥을 지니고 있다.

그 안에 임맥과 독맥 등이 다 들어 있는 것이다. 그런데 연림은 다른 사람들에 비해서 세 개의 맥 즉, 삼맥(三脈) 이십사혈(二十四穴)이 더 있는 것이다.

'이제 알았다.'

화운룡은 우선 처음보다 많이 틀어진 연림의 장기를 바로잡고 내상이 덧나면서 발생한 응혈을 배출시키는 것이 급선무라고 판단했다.

응혈이 독소를 만들고 있기 때문에 몸 전체가 급속도로 빠르게 썩고 있는 중이다.

"운공을 끝내시오."

연림이 운공조식을 끝내자 화운룡은 침상으로 올라가서 가부좌로 앉아 있는 그녀를 마주 보고 자신도 가부좌로 앉으며 보진에게 주문했다.

"진아, 뒤로 와서 합체하자."

보진이 재빨리 침상으로 올라가더니 그의 뒤쪽으로 붙고

두 팔로 화운룡의 허리를 끌어안아 최대한 몸을 밀착시키고 는 단전을 개방했다.

그녀는 화운룡이 연림을 치료하는 데 많은 공력이 필요하 다는 것으로 이해했다.

문제는 연림의 삼맥 이십사혈이 꼬여 있으며 그것이 기경팔 맥과 연결되어 있지 않다는 사실이다.

그래서 화운룡은 강제적으로 삼맥을 기경팔맥과 연결시키 면서 이탈된 장기를 바로잡고 온몸 곳곳에 퍼져 있는 응혈을 배출시킬 생각이다.

보진과 합체한 백칠십오 년이라는 어마어마한 공력으로 시 술을 하자 거침이 없다.

스스슷… 타타탁…….

화운룡의 두 손은 자신과 무릎이 맞닿아 있는 연림의 상체 곳곳을 빠르고도 기민하게 두드리고 쓰다듬으며 때로는 찌르 고 주물렀다.

머리와 어깨, 가슴, 복부, 옆구리, 그의 손길이 미치지 않는 곳이 없었다.

"으음… 응… 응……."

눈을 감고 있는 연림은 자신도 모르게 얼굴을 찡그리면서 신음 소리를 냈다.

화운룡의 손이 쓰다듬고 때릴 때마다 그 부위가 아프면서
도 시원함이 느껴졌기 때문이다.

　스으…….

　그때 연림의 몸이 침상에서 떨어지는가 싶더니 느릿하게 위
로 떠오르기 시작했다.

　침상 가에 서서 지켜보고 있던 명림은 깜짝 놀라서 눈을
커다랗게 떴다.

　그녀는 이런 식의 치료를 생전 처음 본다. 화운룡과 보진이
합체하는 것도 그렇고 치료를 받는 사람이 허공으로 떠오르
는 것은 더욱 그렇다.

　연림의 공력은 오십 년 수준인데 화운룡과 보진의 합체한
공력 백칠십오 년이 주입되어 도합 이백이십오 년이라는 어마
어마한 수위의 공력이 연림의 체내에서 주천하자 그녀의 몸이
깃털처럼 가벼워져서 떠오르고 있는 것이다.

　연림을 자신의 몸이 떠오르자 눈을 떴는데 얼굴이 고통으
로 잔뜩 일그러졌으며 어느덧 가부좌의 자세를 풀고 두 팔과
두 다리를 아래로 늘어뜨리고는 몸을 가늘게 떨었다.

　연림이 떠오르면서 화운룡의 두 손이 자연스럽게 그녀에게
서 떨어졌다.

　그렇지만 그의 공력은 여전히 허공을 격하여 연림의 몸속
에서 격렬하게 제 할 일을 하고 있다.

그런데 어느 한순간 갑자기 연림이 눈을 크게 뜨고 입을 찢어질 듯이 벌리면서 비명을 질렀다.

"와악!"

푸악!

사지를 활짝 편 연림의 구공(九孔)에서 시커먼 액체가 봇물 터지듯이 뿜어졌다.

구공이라는 것은 온몸에 있는 아홉 개의 구멍을 뜻한다. 눈 둘, 콧구멍 둘, 귓구멍 둘, 입 하나, 하체의 두 구멍을 합친 것이다.

연림의 구공에서 뿜어진 시커먼 액체는 바로 앞의 아래에 앉아 있는 화운룡이 고스란히 뒤집어썼다.

그렇지만 화운룡은 꼼짝도 하지 않았다. 지금이 매우 중요한 순간이기 때문이다.

연림의 몸이 스르르 하강하더니 침상에 잠시 앉혀졌다가 뒤로 눕혀졌다.

그런데 그녀의 몸은 더 이상 검지 않았으며 상처에서 피고름도 나지 않았다. 방금 체내의 썩은 응혈을 구공으로 모조리 배출했기 때문이다.

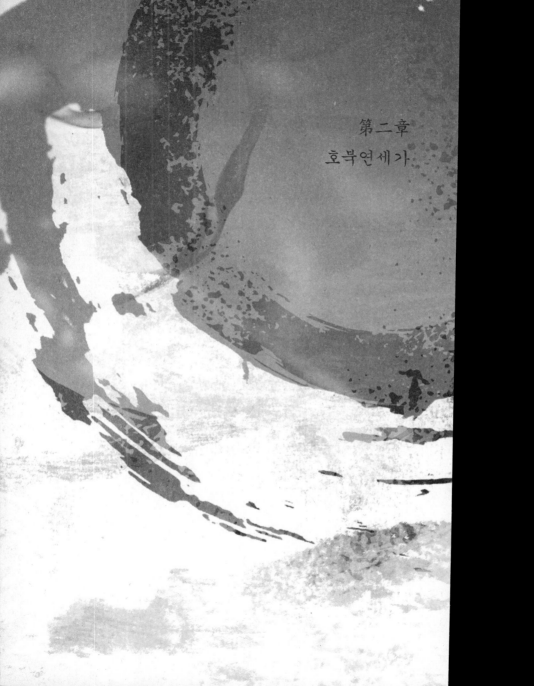

第二章
호북연세가

　화운룡의 두 손이 자신의 앞에 누운 연림의 온몸을 춤을 추듯이 두드리고 쓰다듬고 또 주물렀다.

　추궁과혈수법이다. 화운룡에겐 이 수법만큼 만능이 없다.

　연림의 내상은 조금 전에 구공으로 시커먼 액체 즉, 응혈을 뿜어내고는 완치가 되었다. 지금 화운룡은 내친김에 그녀의 생사현관을 타통시켜 주려는 것이다.

　예전에 화운룡의 삼십오 년 공력으로 용신들의 생사현관을 타통시켰을 때에는 극도로 힘이 들었지만 지금은 세 사람 합쳐서 이백이십오 년의 엄청난 공력이므로 연림의 생사현관을 타통하는 것은 어렵지 않다.

물론 천음절맥인 연림의 생사현관을 타통시킬 수 있는 사람은 미상불 천하에 화운룡 한 명뿐일 것이다. 그녀가 천음절맥이라는 사실과 천음절맥의 생사현관을 타통시켜 주는 방법을 알고 있어야 하기 때문이다.

연림은 거대한 기운이 임맥과 독맥 위와 아래에서 서로를 향해 부딪쳐 가는 것을 느꼈다.

'이것은……?'

두 줄기 기운 중에 하나는 회음혈에서 시작하여 등줄기를 타고 올라 정수리 백회혈을 지나 얼굴 아래로 곤두박질쳤다.

그리고 또 한 줄기는 역시 회음혈에서 시작하여 몸 앞면의 복부와 가슴 정중앙을 치솟아서 윗입술의 승장혈을 뚫고 위로 솟구쳤다.

원래 인간의 공력과 기혈은 백회혈과 승장혈까지밖에 가지 못한다. 백회혈과 승장혈 사이의 일곱 개 혈도가 막혀 있기 때문이다.

그래서 양(陽)에 해당하는 독맥은 회음혈에서 등줄기를 지나 백회혈까지만 갈 수 있으며, 음(陰)에 해당하는 임맥은 몸의 앞면을 솟구쳐서 윗입술 승장혈까지만 갈 수 있다.

그렇기 때문에 백회혈에서 승장혈까지 막혀 있는 일곱 개의 혈도가 뚫리는 것을 임독양맥의 소통 혹은 생사현관의 타통이라고 하는 것이다.

쿠쿠쿠쿠쿵! 쿵! 쿵!

그때 갑자기 연림의 머릿속에서 연이어 일곱 번의 굉장한 폭음이 터졌다. 그 소리가 얼마나 컸는지 명림도 똑똑히 들을 수 있을 정도였다.

그러고는 연림은 정신이 아득해지는 것을 느꼈다.

혼절했던 연림은 일각 후에 깨어났다.

"누나!"

연림이 눈을 뜨는 것을 보고 침상 옆에 앉아서 초조하게 기다리고 있던 남동생 연오가 기쁘게 소리쳤다.

연림은 잠시 천장을 물끄러미 바라보다가 문득 자신에게서 일어났던 일들이 번쩍 생각났다.

"아……."

그녀는 놀라서 벌떡 상체를 일으켰다.

슉!

우직!

"앗!"

그 순간 그녀는 천장과 지붕을 한꺼번에 뚫고 밤하늘로 십여 장이나 솟구쳤다.

"아아……."

깜짝 놀라는 바람에 침상에서 일어나 앉으려고 벌떡 상체를 일으켰을 뿐인데 천장과 지붕을 뚫고 이렇게나 높이 솟구친 것이다.

지금 같은 상황은, 말하자면 공력이 주체하지 못할 정도로 철철 넘치고 있기 때문에 벌어진 일이다.

천음절맥이었기에 어렸을 때부터 천재니 귀재라는 말을 주위로부터 숱하게 들었던 그녀가 지금 자신에게 벌어진 이 엄청난 사건의 원인이 무엇인지 모를 리가 없다.

그녀는 아까 마지막 순간에 자신의 체내에서 두 줄기 거대한 기운이 독맥과 임맥으로 나누어서 막혀 있는 일곱 개의 혈도를 향해 돌진했던 것을 기억하고 있다. 그리고 체내에서 벼락이 치는 듯한 충격을 받는 순간 정신을 잃고 말았다.

그녀의 눈이 화등잔처럼 커졌다.

'세상에… 나 생사현관이 타통됐나 봐…….'

뚫린 지붕으로 연오가 솟구쳐 올라 지붕에 내려섰다가 밤하늘에 둥둥 떠 있는 연림을 보고 소리쳤다.

"누나! 아까 비룡은월문주께서 누나 깨어나면 운공조식을 세 차례 하라고 그러셨어!"

스으으…….

깨끗한 나삼 잠옷을 입고 있는 연림은 한 조각 구름이 하강하듯이 지붕에 사뿐히 내려섰다.

"누가 나한테 옷을 입혔니?"

"모르겠어. 내가 들어왔을 때 누나는 옷을 입고 있었어."

"그분은 어디 계시니?"

"누구? 비룡은월문주?"

"응."

"서둘러 가셨어. 듣자니까 연회가 있다던데……."

연림은 아까 치료를 받던 중에 자신이 침상 위 허공에 떠 있다가 체내의 썩은 응혈을 몸의 구공으로 뿜어낸 것을 화운룡이 고스란히 뒤집어썼던 걸 생생하게 기억하고 있다.

그런데 시커먼 썩은 피를 뒤집어쓴 화운룡은 추호도 더러워하지 않았으며 얼굴조차 찡그리지 않은 채 하던 일을 계속해서, 결국은 연림의 생사현관을 타통시켜 준 것이다.

'세상에 그런 분이 계시다니…….'

뜨거운 감격이 연림의 온몸을 가득 채웠다.

용황락 내의 단골 연회 장소인 옥봉루에서 밤새도록 연회가 벌어지고 있다.

비룡검대와 해룡검대 검사 백이십 명 전원에게는 연회를 전문으로 개최하는 건곤정에 한 상 거하게 차려주었다.

이번 숭무문 등의 일에 비룡검대와 해룡검대에서 선발된 검사들이 큰 공을 세운 것에 대한 상이다.

그리고 이곳 옥봉루에는 화운룡을 비롯한 십오룡신과 명림, 그리고 비룡검대주 감형언, 해룡검대주 조무철이 특별히 참가했다.

옥봉루 삼 층에는 둥근 타원형의 커다란 탁자가 놓여 있으며 모두들 신분 지위의 높고 낮음에 관계없이 탁자에 둘러앉아 먹고 마시고 있다.

화운룡은 오늘 십오룡신과 비룡검대, 해룡검대가 숭무문 등을 완벽하게 처리한 것에 대해서 모두에게 크게 치하했다.

"비룡검대와 해룡검대가 평소에 얼마나 열심히 무공 연마를 했는지 이번 일로 잘 보여주었다."

그는 감형언과 조무철에게 물었다.

"원하는 것이 있으면 말하라. 무엇이든 들어주겠다."

상을 내리겠다는 뜻이다.

감형언이 조심스럽게 말했다.

"본대의 인원을 늘려주십시오."

"이유를 말해보게."

화운룡과 감형언, 조무철 세 사람은 이즈음 완벽하게 주군과 수하의 관계가 정립된 상황이다.

감형언과 조무철에게 천하에서 누굴 가장 존경하느냐고 묻는다면 두말없이 화운룡을 꼽을 정도다.

화운룡이 얼마 전까지만 해도 태주현 최악의 사고뭉치이며 잡룡이었다는 사실은 감형언과 조무철의 뇌리에서 이미 깨끗하게 지워진 상태다.

화운룡이 그랬었다는 사실이 조금도 기억나지 않지만 누가 그런 말을 하고 다닌다면 쫓아가서 입을 찢어버리고 싶을 정도로 충성스러운 수하가 되었다.

감형언은 두 손을 탁자에 올리고 공손히 맞잡아 존경의 자세를 취했다.

"본대 삼십 명으로는 큰 규모의 싸움이나 독단으로 작전을 벌이는 것이 무리가 있습니다."

그의 말은 충분히 일리가 있다.

"흠, 얼마나 필요하지?"

"오십 명 정도면 적당하겠습니다."

감형언은 욕심을 부리지 않고 자신이 필요한 인원의 딱 절반만 말했다. 화운룡이 장하문에게 물었다.

"어떻게 생각하는가?"

장하문은 즉시 대답했다.

"백 명이 적당하겠습니다."

그는 비룡검대가 단독으로 작전을 수행하려면 백 명은 있어야 한다고 판단했다.

화운룡은 고개를 끄떡였다.

"그렇겠지?"

화운룡은 놀라는 표정을 짓고 있는 감형언에게 부드럽게
미소 지으며 말했다.

"백 명으로 증원해 주겠다."

감형언은 크게 기뻐하며 벌떡 일어나서 이마를 탁자에 댔다.

"감사합니다!"

사실 감형언이 욕심대로 요구하자면 백 명이 필요했지만 오
십 명이라고 줄여서 말했다. 이제 비룡검대가 백 명이 되면 어
느 누구하고 싸워도 박살 낼 자신이 있으며 화운룡의 명령을
받아서 비룡검대 독단으로 작전에 임할 수도 있다.

화운룡이 감형언의 내심을 정확하게 읽기라도 한 듯 백 명
을 증원해 주겠다고 하자 감형언은 갑자기 어깨에 날개를 단
것처럼 기뻤다.

화운룡은 비룡검대가 증원한다는 말을 듣고는 콧김을 뿜으
며 엉덩이를 들썩거리면서 흥분하고 있는 조무철에게도 응분
의 선물을 주었다.

"해룡검대도 백 명으로 증원해 주겠다."

"가, 감사합니다!"

감형언과 조무철이 나란히 서서 화운룡에게 깊숙이 허리를
굽혔다. 두 사람의 자식들인 감중기와 도도, 조연무와 숙빈은
흐뭇한 미소를 지으며 자신들의 아버지를 바라보았다.

그때 화운룡의 귓전으로 전음이 들렸다.

[용랑, 우리도 술 마시고 싶어요.]

홍예가 보낸 전음이다. 줄곧 사람들이 보이지 않는 곳에 은 둔해 있는 백호뇌가 사람들로서는 답답했을 것이다.

화운룡은 잠시 생각에 잠겼다. 백호뇌가를 측근 모두에게 노출시키는 것은 그들을 버리지 않고 측근으로 거두겠다는 뜻이기 때문에 고민하는 것이다.

염교교가 꾀를 부렸다.

[우리가 주군 곁에 머무는 동안에는 비응신 사람으로 있도 록 할게요.]

백호뇌가는 강호에서 비응신이라는 조직으로 활동하고 있 으므로 사신천가가 아닌 비응신으로 화운룡 측근에 있으면 문제가 되지 않을 것이라는 뜻이다.

화운룡은 고개를 끄떡였다.

"알았다."

그가 갑자기 밑도 끝도 없이 말하자 다들 의아한 표정으로 쳐다보았다.

그때 화운룡 뒤쪽에 한 무더기 흐릿한 신기루 같은 것이 일 렁이는 것 같더니 곧 다섯 사람의 모습이 나타났다.

소진청과 염교교 부부, 홍예와 건곤쌍쾌 수란과 도범 남매 의 등장이다.

사람들은 문이나 창이 닫혀 있는 상황에 느닷없이 유령처럼 나타난 백호뇌가 사람들 때문에 움찔 놀랐다.

그런데 백호뇌가 사람들을 발견한 명림과 벽상이 크게 놀라서 벌떡 일어났다.

"교교!"

"소화두!"

명림과 벽상은 한달음에 달려가서 각각 염교교와 홍예를 와락 끌어안았다. 미래에서 화운룡의 최측근이었던 명림과 벽상이 백호뇌가 사람들을 모를 리가 없다.

특히 동갑인 명림과 염교교는 한 어머니에게서 태어난 친자제보다도 더 친했다. 툭하면 염교교는 남편보다도 명림을 더 사랑한다고 입버릇처럼 말했었다.

"어흐흑! 명림아!"

"교교!"

명림과 염교교는 서로를 부둥켜안고 울음을 터뜨렸다.

아직 다가오지 않은 미래에서 서로를 피붙이처럼 아끼고 사랑했던 동갑내기 두 여자는 남들 시선은 아랑곳하지도 않고 꺼이꺼이 목청껏 울어댔다.

"상 언니!"

"소화두야! 아이고! 널 다시 보다니……."

여기 너무 반가워서 목이 메는 또 한 쌍의 여자들이 있다.

형제가 없는 홍예는 다섯 살 연상인 벽상하고 죽이 맞아서 평생 친언니 이상으로 따르며 좋아했다.

명림은 염교교와, 벽상은 홍예와 얼싸안고 눈물 바람의 상봉을 했다.

원래 화운룡 좌우에는 보진과 명림이 앉았었는데 명림이 자기 옆에 염교교를 앉히고 벽상은 홍예를 데리고 저만치 뚝 떨어진 자신의 자리로 데려갔다.

홍예는 화운룡하고 멀리 떨어진 것이 불만인 듯 입술을 삐쭉거리다가 벽상에게 물었다.

"상 언니, 주군하고 안 친해?"

그녀의 말은 모두에게 다 들렸다.

벽상은 씁쓸한 표정을 지었다.

"좀 그래."

홍예는 어이없다는 표정을 지었다.

"왜 그런 거야? 상 언니는 주군의 제자잖아?"

미래에서 화운룡은 벽상을 거의 제자처럼 곁에 두고 여러 가지 철학들을 가르쳤다.

용신들과 감형언, 조무철은 홍예가 무슨 말을 하는지 이해하지 못했다.

그렇지만 화운룡이 미래에서 왔다는 사실을 알고 있는 보진은 새삼스러운 표정으로 벽상을 바라보았다.

미래에 벽상이 화운룡의 제자였다는 사실도 놀랍지만 그녀가 미래에 화운룡의 최측근이었다는 사실이 더 놀라웠다.

　　그런데도 벽상은 그런 것을 전혀 티 내지 않고 그저 한 명의 용신으로서 침묵하고 있었다. 거기에 비해서 보진은 화운룡하고 특별한 관계도 아니면서 현재는 용신들 중에서도 그의 최측근이 되었으니 행운도 이런 행운이 없다.

　　벽상은 화운룡 좌우에 앉은 보진과 명림을 슬쩍 보고는 툴툴 웃었다.

　　"저기 봐라. 저런 상황인데 주군 옆에 내가 끼어들 자리가 어디 있겠냐?"

　　보진과 명림은 조금 얼굴이 뜨거워졌다. 말하자면 굴러온 돌이 박힌 돌을 빼낸 셈이다.

　　　　　　*　　　　　　*　　　　　　*

　　발끈한 홍예가 일어나더니 팔을 뻗어 손가락으로 명림과 보진을 가리켰다.

　　"어이! 너희 둘!"

　　염교교가 와락 인상을 썼다.

　　"예아, 너 볼기 맞을래? 이모한테 감히!"

　　홍예는 깜짝 놀라 얼른 고개를 숙였다.

"명림 이모, 죄송합니다."

그러더니 홍예는 보진을 가리키며 싸늘하게 외쳤다.

"너! 주군 옆에서 비켜라!"

사람들은 말이 없고 착하기만 한 보진이 순순히 말을 들을 것이라고 예상했다.

그렇지만 그 예상은 보기 좋게 빗나갔다. 보진은 앉은 자리에서 일어나지 않을뿐더러 꼿꼿하게 허리를 펴고 당당한 표정으로 홍예에게 말했다.

"주군 앞입니다. 조심하세요."

"어……."

홍예는 뜨악한 표정을 지으며 화운룡의 표정을 살폈다. 그러나 화운룡이 가만히 있자 그녀는 허리에 두 손을 얹고 보진을 쏘아보았다.

"너 누군데 그렇게 건방지냐?"

보진은 차분하게 대답했다.

"나는 옥룡이에요."

"옥룡? 그게 뭔데?"

"주군의 최측근이라는 뜻이에요."

"최측근? 아하하하하하!"

홍예는 허리를 뒤로 젖히고 가가대소했다.

"최측근 좋아하네! 야! 최측근은 우리야! 알아들어?"

화운룡이 조용히 타일렀다.

"이제 그만해라."

그러나 홍예는 듣지 않고 보진에게 대들었다.

"너 옥룡이 뭔지 대답해라."

"주군께서 그만하라고 말씀하셨어요."

"옥룡이 뭐냐고?"

"주군의 최측근이라는 뜻이에요."

홍예는 서슬이 퍼렇고 보진은 차분하다는 점이 다르지만 둘이 한 치도 양보하지 않고 싸운다는 점은 똑같았다.

마침내 화운룡이 조용히 말했다.

"예아, 이리 와라. 진아, 너는 일어서라."

홍예가 쭈뼛거리면서 다가왔고 보진은 일어나서 두 손을 앞으로 모았다.

철썩! 철썩! 철썩!

"그만하라고 말했지?"

"아얏!"

"윽!"

화운룡이 그녀들의 엉덩이를 덮고도 남을 커다란 손바닥으로 힘을 줘서 때리는 터라 보진과 홍예는 엉덩이가 떨어져 나갈 것처럼 아팠다.

홍예는 미래에서 천방지축 날뛰다가 화운룡에게 볼기를 자주 얻어맞았지만 보진은 화운룡이 아니라 어느 누구에게도 잘못해서 맞는 것이 난생처음이다.

보진은 아미파 시절에 매사에 타의 모범이 되는 주목받는 제자였다. 정현왕부 시절에는 더 말할 것도 없거니와 화운룡의 측근이 된 후에는 뭐든지 솔선수범하면서 힘들고 어려운 일은 스스로 나서는 희생정신을 보여 화운룡의 칭찬을 도맡았기에 꾸중 맞을 일이 없었다.

그런데 지금 홍예와 말다툼을 하다가 싸잡아서 볼기를 맞고 있는 보진으로서는 엉덩이가 아픈 것은 둘째 치고 자신이 주군에게 혼나고 있다는 사실이 견디기 어려워서 이를 악물고 아픈 것을 참았다.

화운룡은 볼기 열 대를 때린 다음에 홍예를 일으켰다.

"네 자리로 가라."

"히잉……."

홍예는 두 손으로 엉덩이를 쓰다듬으면서 눈물을 찔끔거리며 벽상에게 갔지만 보진은 엎드린 채 일어나지 않았다.

너무 큰 정신적인 충격을 받은 탓에 일어나면 울음을 터뜨릴 것만 같았기 때문이다.

화운룡이 보진의 어깨를 잡고 일으키려고 했으나 그녀는 엎드린 채 두 손으로 그의 발을 꼭 잡고 일어나지 않았다.

그리고 화운룡은 보진이 엎드린 채 숨죽여서 울고 있다는 사실을 그녀의 몸이 미미하게 들썩거리면서 떨고 있는 것으로 알아차렸다.

복잡하고도 미묘한 여자의 심리에 대해서 아무것도 모르는 화운룡은 보진의 이런 행동이 아파서 그러는 것이라고 이해했다. 그때 명림이 그에게 전음을 보냈다.

[운검, 진아는 여린 아이예요. 달래줘야 해요.]

화운룡이 쳐다보자 명림은 자상한 미소를 지으며 보일 듯 말 듯 고개를 끄떡였다.

[진아는 마음의 상처를 입었어요. 그러니까 당신이 잘 달래줘야죠.]

맞은 것 때문에 보진이 마음의 상처를 입었다는 것까지는 어찌어찌 알겠는데, 똑같이 볼기를 맞은 홍예는 아무렇지도 않은데 어째서 보진만 마음의 상처를 입은 것인지 모를 일이다.

그렇지만 화운룡은 보진을 어떻게 달래야 하는지 알지 못하고 그저 자신이 너무 세게 때렸나 싶어 그녀를 문지르듯 부드럽게 쓰다듬으며 입으로는 짐짓 엄하게 말했다.

"진아, 너는 엎드려서 더 반성하도록 해라."

화운룡의 무릎에서 일어나야 할 기회를 놓친 보진은 그 후로도 오랫동안 엎드려 있었다.

일어나면 모두 자신을 쳐다볼 것만 같아서 엎드린 채 어떻게 해야 할지 망무두서(茫無頭緖) 갈피를 잡지 못했다.

그러고 있는 동안에 화운룡은 측근들과 이런저런 대화를 나누면서 이따금 손이 닿는 대로 보진의 머리며 등을 부드럽게 쓰다듬었다.

그가 상심한 보진을 달래려는 아무 뜻 없는 행동이지만 그것이 보진을 많이 위로해 주었다.

화운룡이 그녀의 나신을 추궁과혈수법으로 주무르는 것과 천옥보갑 속에 두 사람이 들어가서 합체하고 단전을 개방하는 것하고 이것은 또 다른 느낌이었다.

어느덧 보진은 마음의 상처가 치유되어 편안한 기분으로 화운룡의 손길을 느끼고 있었지만 정작 본인은 그런 자신의 모습을 발견하지 못했다.

화운룡은 모두에게 백호뇌가 사람들을 소개했다.

"이들은 비응신 사람들이며 소진청이 가주다."

그의 말에 백호뇌가 사람들이 일어나 모두에게 두루 포권을 해 보였다.

비응신이라는 말에 모두들 크게 놀랐다. 비응신은 천하백파의 하나이며 수백 년 동안 이어져 온 신비집단이기 때문이다.

소진청이 웅혼한 목소리로 입을 열었다.

"나는 비응신의 가주 소진청이오. 오래전부터 주군을 모셔 왔소. 앞으로 잘 부탁하오."

더구나 비응신의 가주라는 소진청의 말에 모두들 크게 놀라면서 화운룡이 더욱 신비하고 위대하게 보았다.

화운룡이 미래의 십절무황이라는 사실을 모르는 사람들로서는 당연한 일이다.

그때 방문이 열리고 호위무사가 보고를 했다.

"문주, 호북연세가의 소가주 연림이라는 사람이 뵙기를 청하고 있습니다."

화운룡은 연림이 찾아올 것이라고 예상하고 있었기에 가볍게 고개를 끄떡였다.

"들여보내라."

화운룡이 죽어가는 연림을 살렸다는 사실은 이 자리에서 보진과 명림만 알고 있다.

척!

문이 열리고 연림이 들어오더니 화운룡을 보자마자 급히 다가와 그를 향해 무릎을 꿇고 머리를 조아렸다.

"드릴 말씀이 있습니다."

그 사이에 보진은 슬그머니 일어나서 제자리에 앉았다.

화운룡은 앉은 채 연림에게 말했다.

"일어나서 말하시오."

"이대로 말씀드리겠습니다."

"음, 말해보시오."

연림은 고개를 들어 화운룡을 우러르며 비장하고 간곡한 표정으로 말했다.

"문주께 입은 은혜는 하늘보다 높고 바다보다 깊어서 몇 마디 말로는 설명할 길이 없습니다."

모두들 묵묵히 연림을 주시했다.

"저 연림은 문주의 몸종이라도 되어 죽을 때까지 보필하는 것으로 은혜의 만분지 일이라도 갚고자 합니다. 부디 허락해 주시기 바랍니다."

화운룡이 봤을 때 연림이 이러는 것은 그저 형식적인 인사 치레가 아니다.

그러려면 구태여 연회 자리에 쳐들어와서 저렇게 부복하고 간절하게 애원할 필요가 없다.

또한 쟁쟁한 무림팔대세가의 여식 정도라면 이런 식으로 간원(懇願)했을 때 그것이 받아들여지지 않으면 스스로 목숨을 끊는 경우가 비일비재하다.

그러는 것이 소위 명문세가 사람들의 은원을 갚는 방식이라는 것을 화운룡은 잘 알고 있다.

화운룡은 연림이 그러고도 남을 여자라고 생각했다.

다 죽어가는 연림을 이런 식으로 보답하라고 살려주고 생사현관을 타통시켜 준 것은 아니다.

그렇다고 죽어가는 그녀를 모른 체할 수도 없었고, 내친김

에 생사현관을 타통시켜 준 것은 덤이었는데 일이 묘하게 돼
버렸다.

그의 생각이 맞는다는 것을 보여주기라도 하려는 듯이 연
림은 더 이상 아무 말도 하지 않고 이마를 바닥에 댄 채 꿈짝
도 하지 않았다.

'거절하기만 해보세요. 캭! 죽어버릴 겁니다'라고 옹송그린
채 부복하고 있는 그녀의 단호한 자세가 외치는 듯하다.

화운룡은 조용히 말했다.

"일어나라."

그가 하대를 하자 연림은 자신의 뜻이 받아들여졌다고 믿
고 기쁜 얼굴로 일어섰다.

화운룡은 그제야 연림의 모습을 가까이에서 제대로 보게
되었다. 그녀를 치료할 때는 치료에 전념하느라 그녀를 살필
겨를이 없었다.

일단 연림은 키가 꽤 컸다. 그녀가 화운룡의 측근이 된다면
아마 여자들 중에서 키가 제일 클 것이다. 또한 늘씬하면서도
부드러운 몸매를 지녔는데 모든 것이 크고 길며 시원시원하게
생겼다.

눈이 매우 크고 서글서글하며 코도 뾰족하니 오뚝하고 입
은 크지 않으나 입술이 두툼하며 팔이나 다리도 다른 여자에
비해서 매우 긴 편이다.

무공을 연마하기에 제격인 몸을 지니고 있다. 더구나 천음절맥이니 더 이상 무슨 말이 필요하랴.

화운룡이 연림의 간청을 받아들인 이유는 그녀의 간원 때문만은 아니다. 여러모로 생각해 봤을 때 그녀를 받아들이는 편이 서로에게 이롭다는 뜻이다.

첫째, 멸문을 당하고 천외신계에 쫓기는 신세가 된 호북연세가를 박정하게 내칠 수는 없는 일이다. 내친다면 그들은 갈 곳이 없으며 다시 천외신계의 먹이가 되기 십상일 것이다.

둘째, 제대로 교육과 훈련을 받은 호북연세가의 생존자 백칠십육 명은 정예고수이기에 잘만 다듬으면 비룡은월문에 큰 도움이 될 것이다.

셋째, 천음절맥인 연림이 생사현관마저 타통됐으므로 용신으로 잘 가르치면 초절고수가 될 것이 분명하다.

어쩌면 그녀는 용신들 중에서 제일 고강해질 것이다. 나중에 연림이 수하들을 데리고 떠나더라도 있는 동안에는 비룡은월문에 도움이 될 테고, 떠난 후에는 어딜 가더라도 호북연세가를 거뜬히 재건하게 될 것이다.

화운룡이 장하문을 불렀다.

"하룡."

장하문이 일어나 마치 미리 계획하고 있었던 것처럼 막힘없이 말했다.

"연림은 주군의 최측근 용신으로 받아들이고, 호북연세가 생존자 백칠십육 명으로 본 문의 검대를 새로이 창설하는 것이 좋겠습니다."

연림의 몸이 움찔 떨리고 얼굴에 기쁨이 번졌다.

"가까이 와라."

연림이 다가와서 화운룡 옆 두 걸음에 멈추고 조심스럽게 두 손을 앞에 모으자 화운룡은 자신의 왼쪽 두 번째에 앉아 있는 당한지를 가리켰다.

"내일부터 지아에게 비룡운검을 배워라."

그 말에 모두들 깜짝 놀랐다. 쟁쟁한 호북연세가의 소가주인 연림을 십오룡신 중에서 두 번째로 어린 십팔 세 당한지에게 비룡운검을 배우게 할 줄 예상하지 못했기 때문이다.

화운룡이 조용히 말했다.

"너희들 중에서 비룡운검은 지아가 최고 수준이다. 다른 의견 있느냐?"

그러자 다들 '아!' 하는 표정을 지으며 화운룡의 결정을 비로소 수긍했다. 당한지의 얼굴에 자부심이 가득 피어났다. 그녀는 그윽한 눈길로 화운룡을 바라보며 고마움을 표했다.

"그리고 연무가 연림에게 비폭도류를 가르쳐라."

"넵!"

조연무가 깜짝 놀라서 벌떡 일어나 큰 소리로 대답했다.

화운룡은 연림을 치료하는 과정에서 그녀가 무슨 무공을 배우는 것이 좋을지 이미 계산이 서 있었다.

그녀를 수하로 받아들일 생각은 아니었지만 그녀를 비롯한 호북연세가를 강하게 만들어야겠다는 계획을 갖고 있었다.

현재 창천과 전중, 조연무 세 사람이 비폭도류를 연마하고 있으나 창천은 주천곤과 사유란을 호위하느라 바쁘고 전중은 십팔 세 어린 아내 연랑이 임신을 하여 만삭인 상태라서 될 수 있으면 아내 곁을 떠나지 않으려고 한다는 것을 화운룡은 잘 알고 있다.

그러므로 연림에게 비폭도류를 가르치는 것은 조연무가 제격이다.

명림은 왠지 초조한 표정을 지었다.

모두 저렇게들 차례차례 화운룡하고 가까운 관계가 되고 있는데 자기만 넋 놓은 채 멀뚱하게 있으면서 자꾸만 화운룡하고 멀어지는 것 같은 느낌이 들었기 때문이다.

연회가 끝났으나 백호뇌가 사람들이 술이 모자라다면서 한 잔 더 하자고 성화를 부렸다.

화운룡이 운룡재로 갈 때 연림이 그의 곁에 다가와 조심스럽게 속삭이듯 말했다.

"주군 말씀대로 운공조식을 세 차례 해봤었는데 문제가 있었습니다."

그녀는 생사현관이 타통되어 자신의 공력이 백오십 년으로 급증했다는 자랑은 하지 않았다.

그녀의 원래 공력은 오십 년이어서 생사현관이 타통되었다고 해도 두 배인 백 년으로 증진되는 것이 최대치인데, 세 배 백오십 년으로 급증했다는 것은 역시 그녀가 천음절맥의 신체이기 때문에 가능한 것이다.

화운룡은 고개를 끄떡였다.

"과연 그렇군."

화운룡은 아까 연림의 내상을 치료하고 생사현관을 타통하는 과정에서 그녀의 몇 군데 중요 혈과 혈맥들이 원활하게 소통되지 않는 것 같았지만 그녀가 혼절하는 바람에 손을 쓸 수가 없었다.

그래서 연오에게 그녀가 깨어나면 세 차례 운공조식을 해보라고 지시했던 것이다.

第三章
전대미문의 살인 청부

운룡재 자신의 연공실에서 화운룡은 미간을 잔뜩 좁혔다.

연림을 진맥한 결과 무려 열일곱 군데나 혈도와 혈맥이 막혀 있어서 그걸 뚫어줘야만 했기 때문이다.

귀찮아서가 아니라 그러려면 연림에게 추궁과혈수법을 발휘해야 한다.

말만 한 처녀에게 자꾸 추궁과혈수법을 하는 것도 그렇지만 화운룡 자신도 이 여자, 저 여자의 몸을 자꾸만 만지는 것이 영 마뜩지가 않았다.

연림은 조금 전에 화운룡이 진기를 주입하여 진맥하면서

그녀 체내에서 주천을 시킬 때 정확하게 열일곱 군데 혈과 혈맥이 뜨끔거리는 것을 느꼈다.

"어떻습니까?"

서글서글한 이목구비에 뾰족한 코와 도톰한 입술, 특히 말끄러미 응시하고 있으면 빠져들 것만 같은 검고 큰 두 눈이 매력적인 연림이 조심스럽게 물었다.

연림은 이미 화운룡에게 입은 은혜가 욕보심은호천망극(欲報深恩昊天罔極)하거늘 이런 일로 자꾸 그를 귀찮게 하는 것이 정말이지 입이 열 개라도 입술이 떨어지지 않았다.

화운룡은 어쩌면 자신이 얼굴을 찌푸리고 있었을지 몰라서 얼른 얼굴을 펴며 대수롭지 않게 말했다.

"추궁과혈수법을 시전하면 고칠 수 있다."

"네."

연림은 고개를 숙이며 귀까지 빨개졌다.

아까 그녀가 생사의 고비를 넘길 무렵 화운룡이 추궁과혈수법을 하여 치료를 해주었을 때는 비몽사몽 정신이 하나도 없는 상황이어서 부끄러움을 몰랐다고도 할 수 있을 것이다.

하지만 그녀가 화운룡 앞 허공에 둥둥 뜬 상태에서 온몸 구공에서부터 많은 양의 응혈을 뿜어내 그의 온몸을 뒤덮었던 일은 아무리 생각해 봐도 너무 미안해서 얼굴을 들기가 어려웠다.

"아까… 죄송했어요."

연림은 기어드는 목소리로 겨우 사과했다.

"뭐가 말이냐?"

연림의 고개가 자꾸만 더 숙여지고 온몸의 피가 얼굴에 몰린 것처럼 새빨개졌다.

"아까… 제가 응혈을 쏟아서 주군께서 뒤집어쓴 것……."

화운룡은 그 일을 대수롭지 않게 생각하지만 제 딴에는 우스갯소리를 해서 연림을 위로하려는 생각에 팔을 들어 코를 대고 냄새를 맡는 시늉을 하며 껄껄 웃었다.

"허헛! 아직도 퀴퀴한 냄새가 난다."

"어머? 저… 걸 어째요?"

연림은 크게 당황해서 고개를 들고 어쩔 줄 몰랐다. 더구나 퀴퀴한 냄새가 아직도 나다니 부끄럽고 미안해서 죽을 것만 같았다.

아무리 생각해도 아까 그 일은 너무나 부끄러운 일이다.

화운룡은 자신의 위로가 실패했다는 사실을 깨닫고 씁쓸한 얼굴로 툭 던지듯이 말했다.

"누워라."

그는 여자들에게 자신의 어줍지 않은 위로가 통하지 않는다는 사실을 다시 한번 깨달았다.

반면에 또다시 추궁과혈수법을 해야 하는 것을 화운룡이

귀찮게 여기는 것이라고 오해한 연림은 그야말로 죄인이 된 기분이다.

그렇다고 막혀 있는 열일곱 군데 혈과 혈맥을 이대로 놔두는 것은 말도 안 되는 일이라서 어떻게 할 줄 몰라 화운룡의 눈치만 살폈다.

그녀는 원래 끊고 맺음이 정확하고 화통한 성격인데 어쩐 일인지 화운룡 앞에서는 맥을 못 추고 있다. 그의 앞에서는 완전히 무력해지는 기분이다.

화운룡은 앞에 마주 보고 앉은 연림이 크게 당황해서 어쩔 줄 모르는 것을 보고는 문득 안쓰러운 생각이 들었다.

급기야 연림의 두 눈에서 눈물이 뚝뚝 떨어지자 화운룡은 가슴이 철렁 내려앉았다.

"림아."

"네……."

연림이 눈물을 흘리면서 바라보자 화운룡은 어느덧 팔십사 세 호호백발 노인으로 돌아가서 있지도 않은 손녀를 달래는 마음이 되었다.

그는 손을 뻗어 눈물을 닦아주며 뺨을 쓰다듬었다.

"내가 잘못했다."

무언지 모르지만 자신의 어떤 행동이 그녀를 울렸을 것이라고 생각해서 무조건 사과했다.

연림은 화운룡의 커다란 손에 뺨을 비비면서 더욱 울었다.

"아니에요. 제가 못나서 그렇지 주군께서 잘못하신 것은 하나도 없어요."

주군과 수하의 관계에서 남자와 여자의 관계로 변환하는 것은 실로 눈 한 번 깜짝할 사이고 손바닥을 슬쩍 뒤집는 것처럼 간단한 일이다.

연림이 어리광을 부리듯 그의 손바닥에 뺨을 비비는 것은 절대로 수하가 할 수 있는 행동이 아니다.

이런 것이 바로 기묘한 남녀 사이에 일어나는 일이다.

물론 화운룡은 전혀 느끼지 못하고 있지만 말이다.

화운룡의 손바닥이 축축하게 젖었다.

"누울게요."

"어… 그래."

많이 위로를 받은 연림은 가만히 누웠다.

"애쓰셨어요."

연공실에서 화운룡과 연림이 나오자 명림이 미소 지으면서 말했고 보진은 잠자코 두 사람을 바라보기만 했다.

연공실 밖에서 기다리고 있던 보진과 명림은 연공실 안에서 화운룡과 연림이 나누는 대화를 다 들었으며 무슨 일이 있었는지 다 알았다.

화운룡이 걸핏하면 여자들의 나신을 추궁과혈수법으로 주무르지만 그것이 화운룡 탓이 아니라는 사실을 보진은 너무나 잘 알고 있다.

　또한 상대가 아무리 천하제일미녀라고 해도, 그리고 화운룡이 아무리 농밀하게 추궁과혈을 하더라도 추호도 흔들리지 않는 반석 같은 수양심을 지니고 있다는 사실도 알고 있다.

　그렇다고는 하지만 그래도 화운룡이 이럴 때마다 보진은 씁쓸한 기분이 되는 것을 어쩌지 못했다.

　자정이 넘은 시간이지만 화운룡은 보진, 명림, 그리고 백호뇌가 사람들과 술자리에 마주 앉았다.

　화운룡 등의 주된 대화는 미래에 있었던 일들이다.

　그렇지만 기억을 되찾지 못한 소진청과 보진은 꿰다 놓은 보릿자루처럼 묵묵히 앉아 있었다.

　"주군, 명림은 어떻게 할 건가요?"

　다들 술이 많이 취했을 때 염교교가 불쑥 물었다.

　"교교, 무슨 말이야?"

　명림은 깜짝 놀랐다.

　똑 부러지는 성격인 염교교는 명림의 말에 개의치 않고 화운룡에게 말했다.

　"명림은 특별한 사람이니까 주군 곁에 둬야지요."

"당연하지."

이런 것이 바로 명림과 염교교가 미래에 얼마나 친했었는지 잘 보여주는 대목이다.

사실 염교교가 지금 말하고 있는 것은 명림이 현재 고민하고 있는 일이다.

명림은 화운룡의 최측근이 되고 싶은 마음이 굴뚝같은데 그냥 열한 명의 제자들과 함께 비룡은월문에 머무르라는 것으로 얘기가 끝나 버렸다.

이대로 가만히 있다가는 명림은 오늘처럼 특별한 날을 제외하고 평소에는 화운룡을 만나는 것조차 여러 절차를 거쳐야만 할 것 같았다.

명림이 보기에 화운룡은 거처인 운룡재에 머물면서 최측근인 십사룡신하고만 거의 시간을 보내고 있으므로 같은 비룡은월문 안에 있어도 그를 만나는 것이 요원하게 될 터이다.

그래서 명림은 자신도 그의 최측근이 되고 싶다는 말을 하고 싶은데, 원래 숫기가 없는 그녀는 거기에 대해서는 입도 떼지 못하고 있는 중이다.

그걸 염교교가 벌써 간파하고 친구를 위해서 화운룡에게 단도직입적으로 묻고 있으니 과연 그녀는 명림의 단 하나뿐인 친구라고 할 만하다.

"명림이 주군과 어떤 사이였는지 기억하신다면 용신 같은 걸로는 어림도 없어요."

"잘 안다."

보진은 사부 명림이 화운룡과 어떤 관계였는지 궁금해서 조심스럽게 물었다.

"사부님이 주군과 어떤 사이였나요?"

화운룡은 염교교와 명림을 번갈아 쳐다보며 미소 지었다.

"교교는 누나 같았고 명림은 누이동생 같았지."

"사부님이 주군보다 연세가 열여섯 살이나 많은데 어떻게 누이동생 같을 수 있나요?"

염교교가 웃으며 대답했다.

"나이는 중요하지 않아. 주군께서 어떻게 생각하시느냐가 중요하지. 주군께선 명림을 무척 귀여워하셨으니까."

그녀는 묘한 미소를 지었다.

"여자는 할머니가 돼도 남자에게 어려 보이는 거야."

"그런가요?"

보진은 알 것도 같고 모를 것도 같은 표정을 지었다.

명림은 미래의 일을 생각하는지 사르르 얼굴을 붉혔다.

"우리가 주군과 함께 싸움에 참가한 것이 아마 천 번도 넘을 거야."

"천 번이나……."

보진은 소스라치게 놀랐다. 그녀가 화운룡과 함께 싸움에 참가한 것은 많아야 다섯 번을 넘지 않는데 명림은 천 번이나 된다는 것이다.

그래서 보진은 자신과 명림을 비교하는 것 자체가 무리라는 사실을 깨달았다.

염교교의 말에 명림과의 일을 기억해 냈는지 화운룡이 명림에게 직접 물었다.

"명림은 무얼 하고 싶니?"

"그냥 주군 곁에서 보필하고 싶어요."

"호법이 어때요?"

염교교가 이번에도 제대로 짚었다.

"명림을 주군의 호법신(護法神), 명림의 제자들을 호법대(護法隊)로 임명하는 거예요."

명림은 깜짝 놀랐다. 미래에도 호법신이라는 지위가 있었으며 그걸 맡았던 사람이 설운설이었다.

화운룡은 별생각 없이 고개를 끄떡였다.

"그렇게 하지."

호법신이 무엇인지 잘 아는 명림은 감격해서 자신도 모르게 일어나 손을 올려 합장했다.

"아미타불… 감사합니다."

철썩!

"앗!"

기다렸다는 듯이 화운룡이 명림의 이마를 때렸다.

다들 깜짝 놀랐으나 보진만 제외하고 백호뇌가 사람들은 명림이 왜 이마를 맞았는지 짐작했다.

*　　　　*　　　　*

북경 아담한 호숫가의 어느 다루 이 층 창가에 두 사람이 마주 앉아 있다.

금의단삼을 입은 중후한 용모와 인상의 오십 대 중반의 인물이 찻잔을 들고 한 모금 마시고 나서 창 아래 호수를 바라보며 지나가는 말처럼 중얼거렸다.

"정현왕을 찾아서 죽여주시오."

맞은편에 앉은 백의유삼을 입은 준수한 청년 역시 차를 마시면서 호수를 보고 있는데 정현왕을 죽여달라는 말에 동공이 가볍게 흔들렸다.

"금 백만 냥을 내겠소."

이번에는 백의유삼 청년의 표정이 살짝 변했다.

금 백만 냥이면 은자 오천만 냥이라는 어마어마한 거금이다. 무림제일 살수 조직 혈영단 창건 이래 은자 오천만 냥짜리 살인 청부는 단 한 번도 없었다.

"일이 하나 더 있소."

당금 대명의 실세 중에 실세인 광덕왕이 보낸 사람은 여전히 호수를 응시하고 있다.

"정현왕을 보호하고 있는 자도 죽여주시오. 그 대가로는 금 십만 냥을 더 내겠소."

백의유삼 청년의 얼굴에 곤혹스러운 표정이 떠올랐다가 떠오를 때보다 더 빠르게 사라졌다. 그는 금의단삼인을 쳐다보며 약간 미간을 좁혔다.

청년은 눈이 번쩍 떠질 정도로 매우 잘생겼다. 아니, 몹시 아름다운 용모다.

사실 그는 혈영단의 단주 운설이 남장으로 변신한 모습이다. 광덕왕이 청부를 한다기에 예의상 수하를 보내지 않고 자신이 직접 나온 것이다.

자그마치 은자로 오천오백만 냥짜리 청부다.

운설은 광덕왕의 군사라고 자신을 소개한 금의단삼인이 누군지 알고 있다.

그는 무림에서 등천일협(騰天一俠)이라고 불리는 정파인으로서 백무신의 한 명이다. 방파나 문파에 속하지 않으면서 혼자 행동하는 인물이었다.

그런 인물이 광덕왕의 군사 노릇을 하고 있다는 사실은 뜻밖이지만 운설을 놀라게 만들지는 못했다.

"어떻소?"

등천일협은 호수에서 시선을 거두어 느긋한 동작으로 운설
을 쳐다보았다.

탁……

운설은 찻잔을 탁자에 내려놓았다.

"거절하겠소."

당금 천하의 실세인 광덕왕의 청부를 거절하는 것은 어려
운 일이지만 운설에겐 그만한 자격이 있다.

일어서려는 운설을 등천일협의 말이 붙잡았다.

"뭔가 오해하고 있군?"

운설은 일어나지 않고 그를 똑바로 주시하며 그의 다음 말
을 기다렸다.

"이것은 청부가 아니라 명령이오."

운설의 눈이 가볍게 빛났다. 광덕왕이 당금 황제의 친동생
이라고 하지만 그 정도 인물이 혈영단에게 명령을 내릴 수는
없는 일이다.

그렇다면 광덕왕이 곧 황제가 될 것이라는 뜻이며, 황제로
서 명령한다는 의미다.

"황명을 거역하고도 혈영단이 무사할 줄 아는가?"

등천일협이 운설의 짐작을 확인시켜 주었다. 그는 자신의
입으로 '황명'이라고 말했다.

*   *   *

등천일협은 이제껏 혈영단주를 존중하던 태도를 버리고 고압적인 자세로 바꿨다.

그래도 운설은 꼿꼿한 자세로 등천일협을 주시하면서도 입을 열지 않았다.

침묵은 살수의 미덕이다. 인간들의 잘못과 실수는 거의 전부 입에서 나오기 때문이다.

"황명을 받아들이면 금 백십만 냥은 약속대로 주겠다."

여타 살수 조직이었다면 이런 청부는 두말할 것도 없이 무조건 받아들이겠지만 혈영단은, 아니, 운설은 다르다. 여타 살수 조직이 아니기 때문이다.

다른 살수 조직들은 돈을 버는 것이 목적이겠지만 혈영단은 아니다.

일단 혈영단은 돈에 구애를 받지 않을 만큼 어마어마한 대부호다. 그러므로 원하지 않는 청부는 하지 않아도 된다.

더구나 정현왕을 암살하는 것으로도 부족해서 정현왕을 보호하고 있는 인물까지 죽여야 하는 청부는 운설로서는 무슨 일이 있어도 접수할 수가 없다.

정현왕을 보호하고 있는 인물이 화운룡이라는 사실을 알고 있기 때문이다.

운설은 지난번 화운룡과 헤어진 후 그가 자신에게 해준 불가사의한 말들을 다각도로 조사하고 확인했다.

특히 이사형인 영파가 운설의 남편 임용을 함정에 빠뜨려서 죽인 일은 화운룡이 말해준 대로 유성보주 우창선을 제압해서 심문한 결과 정확하게 들어맞았다. 영파는 우창성과 짜고 임용을 함정에 빠뜨려서 죽였던 것이다.

눈앞에 드러내 놓을 확실한 증거는 없지만 화운룡이 했던 말들은 하나도 틀리지 않았다.

또한 그는 지금으로부터 칠 년 후에 그와 운설이 만나게 되고 그때부터 평생 같이 지낸다고 말했다.

그가 주군이고 운설이 그의 최측근으로 말이다.

문득 운설은 화운룡을 한 번 더 만나봐야겠다는 생각이 방금 들었다.

정현왕의 호위고수가 돼달라는 그의 부탁을 단호하게 거절하고 떠나왔는데 그게 도무지 커다란 앙금처럼 가슴에 맺혀서 답답하기 짝이 없다.

또한 그는 용설운(龍雪雲)이라는 이름에 대해서 말했었다. 그의 이름 화운룡과 그녀의 이름 설운설에서 용과 설을 따서 '용설'이고 두 사람의 겹치는 이름자 '운'을 붙여서 '용설운'이라고 말이다.

천하제일인 십절무황이었다는 화운룡의 측근들은 그와 운

설을 '용설운'이라고 불렀다는 것이다.

두 사람이 얼마나 친했으면 측근들이 그렇게 불렀겠는가. 용설운이라는 이름만으로도 두 사람이 실과 바늘의 관계였다는 사실을 짐작하고도 남았다.

운설은 그냥 일어섰다. 그녀가 돌아서려는데 등천일협의 말이 다시 한번 그녀를 붙잡았다.

"내가 이곳에 혼자 왔을 것 같으냐?"

돌아서려던 운설의 동작이 뚝 멈췄다.

"청부를 받아들이지 않으면, 아니, 황명을 거절하면 넌 살아서 여길 못 떠난다."

운설의 얼굴이 싸늘해졌다.

"등천일협, 날 협박하는 것이냐?"

"호오… 나를 알고 있군?"

"너 정도로는 나를 어떻게 하지 못한다."

등천일협은 고개를 끄떡였다.

"그럴지도 모르지. 그러나 은오루(銀烏樓)라면 얘기가 달라지지 않을까?"

운설은 흠칫했다. 무림제일의 살수 조직이 혈영단이라면 은오루는 무림제이의 살수 조직이다.

규모나 세력으로는 은오루가 더 크지만 맡은 바 살인 청부의 성공률은 혈영단이 훨씬 높다.

또한 살수 개개인의 실력도 혈영단이 고강하다. 그래서 무림제일 살수 조직 자리를 혈영단에 내준 것이다.

등천일협은 흐릿하게 미소 지으며 고개를 끄떡였다.

"후후후… 혈영단이 이 청부를 거절할 수도 있을 것이라는 사실을 내가 예상하지 않았을 것 같으냐?"

혈영단이 금 백십만 냥이라는 전대미문의 살인 청부를 거절할 가능성은 매우 희박하다.

그런데도 등천일협은 혈영단이 거절할 수도 있을 것이라는 매우 희박한 가능성까지 계산해서 은오루를 차선책으로 끌어들이는 치밀함을 보이고 있다.

"은오루는 기꺼이 너를 죽이고 광덕왕 전하의 청부를 접수할 것 같지 않으냐?"

은오루는 잡식이라서 어떤 청부라도 가리지 않고 무조건 다 받아들인다.

또한 청부받은 암살을, 혈영단은 검으로 죽이는 방법만을 사용하는 데 반해서 은오루는 수단과 방법을 가리지 않고 성공시키는 것으로도 유명하다.

그런 은오루에 영원한 숙적 혈영단의 단주를 죽일 수 있는 천재일우의 기회가 주어진 것만으로도 감지덕지인데, 게다가 금 백십만 냥짜리 사상 초유의 청부를 따내는 일을 마다할 것 같은가.

등천일협의 협박이 사실이라면, 아니, 사실일 것이다. 그렇다면 운설이 오늘 여기에서 살아서 나갈 확률은 십분지 일 정도로 희박하다.

모르긴 해도 이 다루의 안팎에는 은오루 살수들이 새카맣게 은신하고 있을 것이다.

등천일협은 아버지가 어여쁜 딸을 대하듯 자상한 미소를 지으며 부드럽게 말했다.

"아직 기회는 있다. 어떻게 하겠느냐?"

"그 전에 네가 먼저 내 손에 죽는다."

운설의 목소리에서 얼음 가루가 버석거렸다.

"흠, 그럴 수도 있겠지. 그렇다고 해도 은오루가 너를 죽이고 청부를 따내는 것에는 변함이 없다."

말하자면 운설이 힘들여서 등천일협을 죽인다고 해도 결과는 변하지 않을 것이라는 얘기다.

은오루가 나섰다면 절대로 어설픈 작전 같은 것은 짜지 않았을 것이다. 더구나 상대가 숙적 혈영단의 단주라면 은오루의 전력을 쏟아서 죽이려고 할 것이 분명하다.

무림에서 등천일협은 그저 명망 높고 존경받는 절정고수였을 뿐이다. 그런데 그의 진면목은 바로 이런 것이었다. 치밀한 계책, 그가 광덕왕의 군사가 된 이유일 것이다.

운설로서는 후회할 것도 없다. 올 것인가 말 것인가 망설이

다가 왔어야지만 후회라도 할 텐데 광덕왕의 부름이라는 말에 덜컥 달려온 것이 이 지경이 되고 말았다.

화운룡을 죽이라니, 백번 생각해도 말이 되지 않는다. 절대 접수할 수 없는 청부다.

그렇다고 등천일협을 제압해서 은오루를 물러가게 하는 것은 있을 수 없는 일이다.

등천일협 정도 되는 인물이 제 목숨이 아까워서 타협을 할 것도 아니지만, 운설이 등천일협의 목숨으로 위협을 한다고 해서 물러날 은오루가 아니다.

또한 그런 방법들은 운설이 등천일협을 제압했을 때의 일인데, 등천일협이 그리 만만한 인물이 아니다.

운설은 그와 한 번도 싸워볼 기회가 없었으며 그저 막연하게 운설 자신이 육 대 사 정도로 우세할 것이라고 짐작하고 있는 정도다.

등천일협은 미간을 좁힌 채 자신을 쏘아보고 있는 운설을 보며 느긋하게 차를 홀짝거렸다.

"나는 한가한 사람이니까 천천히 생각해도 좋다."

운설로서는 진퇴양난의 상황이다. 그녀는 오늘 자신이 가족에게 돌아가지 못할지도 모른다는 생각이 처음 들었다.

궁리를 거듭해 봤지만 뾰족한 방법이 없다.

이곳에서의 탈출을 시도하는 것은 은오루하고의 싸움을 시작하겠다는 선전포고다.

대책 없이 선전포고만 했다가는 낭패를 당하기 십상이다. 행동에 옮기는 것은 완벽한 탈출 계획을 짠 후여야만 한다.

그런데 등천일협을 쏘아보고 있는 운설의 눈빛이 가볍게 흔들렸다.

그녀는 잠시 뭔가 생각하는 듯한 표정을 짓다가 잠시 후에 계단 쪽으로 걸음을 옮겼다.

등천일협은 '어?' 하는 표정을 지었다.

"죽겠다는 것이냐?"

운설이 걸음을 멈추고 그를 돌아보았다.

"지금 네 목을 따줄까?"

등천일협 얼굴에 '저거 미친 거 아냐?'라는 표정이 떠올랐으나 곧 지워졌다.

운설의 귀에 딱딱한 목소리의 전음이 들렸다.

[그자하고 노닥거릴 겨를이 없소. 지금부터 셋을 세고 시작하겠소.]

운설은 다시 몸을 돌리고 걷는데 언뜻 보면 느릿하게 걷는 것 같지만 발바닥이 바닥 위로 미끄러지고 있다.

그녀가 계단에 이르렀을 때 등천일협이 은오루주에게 전음을 보냈다.

[저년을 죽여라.]

등천일협은 운설하고 대화를 하는 동안에도 은오루주하고 줄곧 전음을 하고 있었다.

바로 그 순간 다루 전체가 한차례 들썩거렸다.

드으으……

그것은 마치 엄청난 거인이 주루를 살짝 들었다가 내려놓은 것 같은 느낌이다.

순간 공력을 극한으로 끌어 올리고 있던 운설은 등천일협이 있는 반대편의 창을 향해서 전력을 다해 경공을 전개하여 쏘아갔다.

쉬이익!

팍!

그녀가 창을 뚫고 나오는 것과 동시에 눈부신 섬광이 다루를 집어삼켰다.

번쩍!

쿠콰콰콰쾅!

섬광에 뒤이어 천지를 집어삼키는 폭음이 터지고 이 층 규모의 다루가 산산조각 가루가 되어 사방으로 비산했다.

운설은 반각 동안 쉬지 않고 전력을 다해서 동쪽으로 질주하다가 어느 으슥한 골목에 이르렀을 때야 신형을 멈추고 골목 안으로 뚝 떨어져 내렸다.

"하아아… 하아……."

얼마나 사력을 다해서 달렸는지 그녀 같은 절정고수마저도 심장과 허파가 터질 것 같았다.

그러다가 그녀는 자신의 거친 숨소리에 놀라서 급히 숨을 멈추고 주위를 경계했다.

여기까지 달려오는 동안 그녀 나름대로 추격을 따돌리느라 애썼지만 상대는 은오살수들이고 그녀는 도주하느라 정신이 없었으므로 은오살수 몇 명이 따라붙었을지도 모른다.

그녀는 청부를 받는다는 생각에 아무런 준비도 없이 그리고 달랑 혼자서 온 것을 후회했다.

살수들이 누군가를 표적으로 삼을 때 자주 사용하는 방법이 와류망(渦流網)이다.

와류망이라는 이름에서 알 수 있듯이, 소용돌이처럼 겹겹이 포위망을 형성하는 것인데 한 가지 특징은 표적이 도망칠 수 있는 길을 일부러 몇 군데 터준다는 사실이다.

말하자면 도주하는 자를 미리 만들어놓은 덫이 있는 방향으로 모는 것이다.

그리고 그 길 끝에는 치명적인 덫 즉, 살수들의 주력이 도사리고 있다.

결국 와류망은 표적을 함정으로 몰아넣어서 죽이는 살수들만의 전형적인 수법이다.

조금 전에 운설은 은오루의 와류망을 역(逆)의 반역(牛逆)을 전개하여 도주했다.

역의 역은 원래 그대로 원점이므로 하지 않은 것만 못하다. 그러니까 역의 반역을 해야지만 와류망에서 벗어날 수 있다는 운설의 계산이 결국 성공했다.

은오루가 백 명의 살수들을 작전에 투입했다면 아까 그 다루 안에는 삼십 명, 다루 십 장 이내에 또 삼십 명을 배치했을 것이다.

아까 그 폭발은 일견하기에도 엄청난 것이어서 다루 안에 있던 은오살수들은 산산조각 나버린 다루와 운명을 같이했을 것이다.

그리고 다루 가까이에 접근해 있던 은오살수들 중에 절반 이상이 죽거나 중상을 당했을 것이다.

그리고 대폭발이 가져온 혼돈 속에서 운설은 죽을힘을 다해서 도주를 한 것이다.

"후우⋯⋯."

주위에 아무도 없음을 확인한 운설은 나직한 한숨을 토해 내며 담벼락에 등을 기댔다.

"살명이 쟁쟁한 혈영객(血影客)의 모습이 초라하구료."

"⋯⋯!"

순간 바로 머리 위에서 들리는 나직한 목소리에 운설은 움찔 놀라서 번개같이 어깨의 검을 뽑다가 멈췄다.

방금 그 목소리가 조금 전 그녀가 다루에 있을 때 전음으로 들려온 목소리와 같다는 사실을 깨달은 것이다.

혈영객은 운설의 별호다. 무림에서 혈영객이라는 별호는 죽음을 의미한다.

스으…….

목소리의 주인은 허공에서 천천히 하강하여 운설 앞에 마주 보는 자세로 내려섰다.

운설은 갈의장삼을 입고 맞은편에 선 오십 대 마른 체구의 사내를 보며 쓰디쓴 미소를 엷게 지었다. 그의 도움을 받았다는 사실이 씁쓸하기 때문이다.

"역시 만공상판 당신이었군."

나타난 사람은 만공상판 원종이다.

원래 운설은 만공상판 같은 인물을 극도로 경멸하고 상종을 하지 않지만, 지금은 그에게 큰 도움을 받았고 또 그가 화운룡과 모종의 관계가 있는 인물이라서 기분 나쁜 내색을 드러내지 않았다.

"어떻게 된 일이지?"

그렇다고 해도 운설의 목소리가 곱게 나갈 리가 없다. 그녀의 차가운 말투에도 원종은 개의치 않았다.

"나는 주인님 명령으로 광덕왕을 감시하고 있었소."

그 말이면 다 이해가 됐다. 주인님은 화운룡일 테고, 원종은 광덕왕을 감시하고 있던 중에 군사 등천일협이 어디론가 가는 것을 미행했다가 운설과 만나는 장면을 보고 두 사람의 대화를 엿듣게 된 것이다.

"아까 다루를 날린 것은 벽력탄인가?"

원종은 빙그레 미소 지었다.

"그 정도 큰 규모의 다루를 산산조각 날려 버리려면 최소한 이백 근 이상의 벽력탄이 있어야 할 것이오. 내가 사용한 것은 굉산폭(宏散爆)이라는 것인데 벽력탄보다 열 배 이상의 위력을 지녔소."

아까 운설이 등천일협의 협박에 어쩔 줄 모르고 난감한 지경에 처해 있을 때 원종이 그녀에게 전음을 보냈다. 운설에겐 한 줄기 희망의 빛이었다.

원종은 자신이 다루를 폭파시켜서 날려 버릴 테니까 신호를 하면 동쪽 창을 뚫고 전력으로 도주하라고 전음을 보냈고 운설은 그대로 따랐다.

운설이 골목 바깥과 머리 위를 신경 쓰는 것을 보고 원종이 빙그레 웃었다.

"추격하는 은오살수들은 깨끗하게 처치했을 테니까 염려하지 마시오."

"누가 처리한다는 말이지?"

"비응신이오."

"……."

운설은 가볍게 놀라는 표정을 지었다.

"서찰과 물건을 안전하게 전달해 준다는 신비문파 그 비응신 말인가?"

"그렇소. 그러나 비응신의 숨겨진 능력은 혈영단보다 못하지 않을 것이오."

운설은 원종이 허풍을 치는 것이 아니라는 생각이 들었다. 비응신은 여러 면에서 신비에 싸인 문파이기 때문이다.

그러고 보니까 원종은 예전에 운설이 제남 은한천궁에서 봤을 때의 사기꾼이 아닌 것 같았다.

그 당시의 원종은 얼굴에서 교활함과 비열함이 철철 흘렀는데 지금은 그런 모습은 찾아볼 수가 없는 데다 외려 얼굴이 정의로움으로 빛나고 있다.

"비응신이 왜 날 돕는 거지?"

"당신을 돕는 것이 아니오. 비응신은 주인님의 수하요. 나는 암중에 비응신에게 도움을 청했소."

"……."

원종은 바로 앞에 있는 어느 집으로 걸어갔다.

"대낮에 골목에서 이러고 있어서 좋을 게 없소. 들어가서 얘기하는 게 어떻소?"

끼이…….

원종은 자신이 서슴없이 그 집의 문을 여는 것을 운설이 이상하게 여길까 봐 설명했다.

"당신에게 동쪽으로 가라고 한 것은 내 거처로 안내하려는 뜻이었소."

"당신 거처라고?"

원종이 벙긋 입으로만 웃었다.

"북경은 나한테 객지요. 그러니 나도 잘 곳이 있어야 할 것 아니겠소?"

원종을 뒤따라서 운설이 집 안으로 들어가자 문 안쪽에 서 있는 곱상한 사십 대 중반의 여자가 문을 닫고는 쪼르르 앞장서서 안내했다.

운설이 여자와 원종을 번갈아 쳐다보자 그는 슬쩍 얼굴을 붉히며 변명했다.

"오해하지 마시오. 그녀는 하녀일 뿐이오."

운설은 철면피 같은 원종이 부끄러워하는 모습이 신기하기만 했다.

第四章
북행(北行)

　실내 탁자에 운설과 원종이 마주 앉았고 하녀가 두 사람 앞에 차를 놓고 물러갔다.

　"당신 만공상판이 맞는 건가?"

　너무 변해 버린 원종을 보다 못해서 운설은 결국 그렇게 묻지 않을 수가 없었다.

　원종은 빙그레 잔잔한 미소를 지었다.

　"내가 많이 변했소?"

　"쓰레기가 정인군자로 변했으니 이상하지."

　"쓰레기라는 것은 좀……."

운설의 얼굴이 차가워졌다.

"가짜 비급으로 사기를 쳐서 돈을 뜯어내고 돈을 못 내면 죽이는 작자가 쓰레기보다 낫다는 말인가? 은한천궁에서 그가 아니었으면 당신은 내 손에 죽었어."

극도로 심한 욕인데도 원종은 고개를 끄떡였다.

"나는 그렇게 사는 것이 돈도 벌고 또 무척 재미있다고 생각했었소."

그는 씁쓸한 미소를 지었다.

"그런데 주인님의 종이 된 이후 개과천선해서 새 삶을 살다 보니까 이런 식으로 사는 것이 훨씬 더 재미있고 보람 있다는 사실을 알게 되었소."

"돈도 못 벌고 사람을 죽이지도 못하는데?"

운설은 판관이라도 된 것처럼 날카롭게 힐문했다.

원종이 빙그레 미소를 짓는데 운설은 그 미소가 어쩐지 해탈한 자의 그것 같다는 생각이 들었다.

"나는 주인님의 명령을 수행하는 한편 시간이 많이 남아도는 관계로 원래 지니고 있던 돈 얼마를 헐어서 북경에 몇 개의 가게를 내고 또 한 가지 사업을 시작했는데, 의외로 장사가 잘돼서 쏠쏠하게 돈을 벌고 있소. 그리고 지금은 사람을 죽이는 것보다는 번 돈으로 불쌍한 사람들을 돕는 일이 백만 배나 더 재미있다는 사실을 깨닫게 되었소."

'불쌍한 사람을 도와? 만공상판이? 개가 글을 썼다는 말을 믿지 그 말을 내가 믿겠어?'

운설이 말을 하진 않았지만 얼굴에는 그런 뜻이 역력하게 떠올랐다.

원종은 두 팔을 벌려 보이며 웃었다.

"허헛! 보시오. 오늘도 내가 당신을 도왔잖소? 주인님의 명령이 없었는데도 말이오."

"……."

운설은 원종의 표정에서 일말의 가식도 찾아낼 수가 없다는 그 사실이 더 놀라웠다.

그녀는 이해할 수 없다는 표정을 지었다.

"도대체 그가 당신에게 무슨 짓을 어떻게 한 거지?"

화운룡이 원종에게 무슨 짓을 했기에 천하가 손가락질하는 악인이 이렇게 변했느냐는 뜻이다.

원종은 조금 전에 운설이 본 것처럼 해탈한 고승 같은 얼굴로 말했다.

"나는 내가 어째서 변했는지 잘 모르겠소. 다만 나는 주인님을 만난 이후 크게 깨닫는 바가 있어서 새 삶을 살아야겠다고 생각했을 뿐이오."

원종은 화운룡이 그의 과거를 끄집어내어 훈계한 덕분에 초홍과 아들에게 부끄럽지 않은 남편이며 아버지가 되려고 애

쓰고 있다는 말은 하지 않았다.

원종은 물끄러미 운설을 응시하다가 진지하게 입을 열었다.

"어차피 주인님 사람이 될 것이라면 하루라도 빨리 그리되는 것이 이롭소."

"나 말이야?"

"그렇소."

운설은 차갑게 일갈했다.

"누가 그의 수하가 되겠대?"

원종은 운설이 역정을 내든 말든 상관하지 않았다.

"한 가지 비밀을 말해주겠소."

아무도 없는데도 그는 목소리를 낮추었다.

"주인님은 사신천제이시오."

"……"

운설은 '사신천제'가 무엇인지 알지만 그 말이 느닷없이 원종의 입에서 불쑥 흘러나온 데다 또 그것이 가리키는 사람이 화운룡이라는 말에 잠시 멍한 표정을 지었다. 사신천제와 화운룡이 잘 연결되지 않았다.

원종은 친절하게 운설이 정신을 차릴 때까지 묵묵히 기다려 주었다.

운설은 커다란 눈을 반개하면서 날카롭게 좁혔다.

"방금 사신천제라고 말했어?"

"그렇소."

"그가 사신천제라고?"

"그렇소."

비로소 놀라움, 아니, 경악이 운설을 엄습했다.

"삼천계의 천중인계 말이야?"

"그렇소."

원종은 더 이상 설명하지 않고 그렇소만 연발하면서 상상하는 것은 운설에게 맡겼다.

운설은 경악하는 표정이 점점 복잡한 표정으로 변했다.

그녀는 미래에 화운룡의 최측근이 되어 죽을 때까지 같이 지낼 것이라고 들었다.

그때 원종이 진지한 얼굴로 물었다.

"주인님과 그대는 어떤 관계요?"

원종이 만공상판으로서 제남 은한천궁의 궁주 백청명에게 사기를 쳤을 때, 화운룡이 나타나서 훼방을 놓아 원종을 종으로 만들었다.

그 과정에 느닷없이 운설이 나타나서 원종이 백청명에게 사기를 치려고 했던 신영검법이 가짜라는 사실을 증명했다.

그때 이후 원종은 화운룡과 혈영단주인 운설이 무슨 관계인지 줄곧 궁금했다. 다른 속셈이 있는 것이 아니라 순전히 궁금증 때문이다.

그러나 운설은 깊은 생각에 잠겨 있느라 원종의 말을 듣지 못한 것 같았다.

하지만 운설은 그의 말을 들었으나 대답하고 싶지 않았다.

원종은 궁금증을 접고 새로운 사실 하나를 더 알려주었다.

"광덕왕 배후에는 천외신계가 있소."

운설은 움찔했다.

"그게 정말이야?"

"천외신계는 오래전부터 중원에 침투하여 광범위하게 음모를 꾸미고 있었소."

"천외신계라니……."

운설은 놀라서 중얼거렸다.

원종은 운설을 일깨워 주었다.

"그러니까 혈영단은 광덕왕이 아닌 천외신계를 적으로 삼게 된 것이오."

"음……."

운설이 아는 한 삼천계의 천외신계를 상대할 수 있는 세력은 천중인계 사신천제뿐이다.

이로써 운설이 화운룡을 한시바삐 만나야 할 이유가 하나 더 생겼다.

*   *   *

화운룡은 부친 화명승이 아프다는 전갈을 받고 달려갔다.

그가 진맥한 결과 부친은 폐로(肺癆: 결핵)에 걸려 있었다.

화운룡은 부친에게 침을 놔주고 폐로에 효과가 좋은 약을 지어서 복용시켰다.

명림이 따로 보진을 불렀다.

"너에게 물어볼 말이 있다."

"말씀하세요."

화운룡이 명림을 호법신으로 삼겠다고 말했지만 아직 정식으로 임명을 하지 않아서 명림은 용황락이 아닌 다른 전각에서 제자들과 함께 지내고 있었다. 그래서 화운룡이나 보진을 만나려면 운룡재로 찾아와야만 한다.

"너는 어제 운검이 너에게 추궁과혈을 했었다고 말했는데 무엇 때문에 추궁과혈을 했었느냐?"

"주군께선 저를 비롯한 용신 전원의 생사현관을 타통시켜 주셨습니다."

"생사현관을 타통해?"

명림은 크게 놀랐다. 설마 화운룡이 보진을 비롯한 용신 전원에게 생사현관을 타통시켜 주었을 것이라곤 상상도 하지 못했다.

보진이 공손히 말했다.

"사부님께서도 주군께 생사현관을 타통시켜 달라고 부탁드려 보세요."

"내가?"

"사부님의 부탁이라면 들어주실 겁니다."

"어떻게 그걸……."

무림인이라면 어느 누구라도 갈망하는 생사현관의 타통은 명림도 원했지만 자신이 화운룡 앞에 나신으로 누워 있는 상상을 하고는 화들짝 놀라서 두 손을 마구 저었다.

"에구… 말도 안 된다."

보진은 차분하게 명림을 설득했다.

"사부님, 현재 제 공력이 얼마인지 아세요?"

"얼마나 되느냐?"

"백십 년입니다."

"……."

명림은 상상을 초월하는 보진의 공력에 눈을 커다랗게 뜨면서 놀랐다. 예전 보진이 명림의 제자였을 때는 사십 년 남짓의 공력이었다.

"사부님 현재 공력이 팔십 년쯤 되시죠?"

"그래."

"사부님께서 생사현관이 타통되셨다고 상상해 보세요."

"음."

"주군께선 지나칠 정도로 여자에게 무심한 분이시니까 사부님께서 나신으로 추궁과혈수법을 받는 것에 대해서는 개의치 마세요."

부친의 거처에서 나온 화운룡이 혼자 운룡재로 걸어가고 있을 때 막화가 다가왔다.

"주군, 일전에 하명하신 일가족을 데려왔습니다."

화운룡은 반색했다.

"오! 그래? 지금 만나보자."

"제가 모시겠습니다."

화운룡은 막화와 함께 접객을 전담하는 빈객전(賓客殿)으로 가다가 저만치에서 마주 걸어오는 명림과 마주쳤다.

"어딜 가느냐?"

"제 거처에 가고 있어요."

말이 나온 김에 명림은 지나가는 말처럼 툭 던졌다.

"운룡재에 보진을 만나러 다녀오는 길인데 제 거처하고 멀어서 불편해요."

화운룡이 미끼를 덥석 물었다.

"그럼 너도 운룡재에 머물면 되잖느냐?"

명림 얼굴에 화색이 돌았다.

"그래도 돼요?"

"호법신인데 내 지근거리에 있어야지."

"감사합니다. 아미……."

명림이 불호를 외려고 하자 화운룡의 손바닥이 허공을 날 았다가 그녀가 불호 도중에 멈추자 그의 손바닥도 그녀 바로 앞에서 멈췄다.

그녀가 화운룡을 보며 안도의 표정을 지었다.

"큰일 날 뻔했군요."

화운룡은 명림의 어깨를 툭툭 두드렸다.

"아쉽구나."

화운룡은 명림과 같이 빈객전에 들어갔다.

"여깁니다."

빈객전은 삼 층으로, 막화는 이 층의 어느 방문 앞에서 공 손히 말했다.

척!

막화가 공손히 열어주는 문 안으로 화운룡과 명림, 막화가 차례로 들어섰다.

실내 탁자 앞에 옹송그리고 모여 앉아 있던 다섯 사람이 깜짝 놀라서 우르르 일어섰다.

다섯 사람 중에 어린아이가 둘 있다. 대여섯 살짜리 여자아이와 서너 살짜리 남자아이다.

그리고 초라한 몰골의 중년 여자와 부부로 보이는 젊은 남녀가 있다.

그들은 갑자기 문이 열리고 화운룡 등이 들어서자 잔뜩 겁먹고 경계하는 표정으로 모여서 이쪽을 바라보았다.

"앉읍시다."

화운룡이 탁자 앞에 앉고 명림이 옆에 앉았으나 일가족은 눈치를 살필 뿐 앉으려고 하지 않았다.

대신 삼십 세쯤 된 남자가 조심스럽게 말문을 열었다.

"저… 소인들을 왜 데려오신 겁니까?"

막화는 이들 가족을 수소문해서 찾아내고는 아무 설명도 하지 않고 거의 반강제로 데리고 왔다.

설명을 하면 오지 않겠다고 할 수도 있기 때문에, 그렇게 하라고 화운룡이 지시했다.

막화는 천지당 휘하 무사 두 명을 데리고 갔으므로 이들 가족이 따라오지 않을 수가 없었다.

그 물음에 대답하는 대신 막화가 화운룡에게 설명했다.

"그동안 이들 가족은 삼백 평 남짓한 밭에서 나오는 얼마 되지 않는 소출로 근근이 살아왔었는데 몇 달 전에 가장인 원동오(元東吳)가 마을 건달에게 사기를 당하는 바람에 그 밭을 날렸습니다."

젊은 남자 원동오는 막화가 자신에 대해서 잘 알고 있다는 사실에 깜짝 놀랐다.

"그래서 원동오와 아내 심정(沈貞)은 밭을 잃은 이후부터 마을에서 이것저것 닥치는 대로 허드렛일을 해서 겨우 입에 풀칠을 하고 있었으나 하루에 한 끼 먹는 것조차 힘겨운 형편이었습니다."

일가족 어른 세 명은 막화가 자신들의 사정에 대해서 너무도 자세히 설명을 하자 놀랍기도 하고 착잡하기도 한 표정을 지었다.

화운룡은 고개를 끄떡이다가 중년 여인을 보고 부드러운 얼굴로 말했다.

"그대는 몸이 성치 않군."

중년 여인은 얼핏 보기에도 몹시 병약했다.

막화가 두 손으로 공손히 화운룡을 가리켰다.

"본 문의 문주십니다. 예를 취하시오."

이들 가족은 이곳에 도착해서 비룡은월문의 어마어마한 성채를 보고 압도당했다.

오죽하면 황제가 산다는 자금성이 이렇지 않을까 하고 생각했을 정도였다.

그런데 화운룡이 이 성채의 주인인 문주라니까 다들 소스라치게 놀라서 어쩔 줄 몰랐다.

화운룡은 손을 저었다.

"그대들은 귀한 손님이니 그럴 필요 없네."

원동오가 떨리는 목소리로 다시 굽실거리며 말했다.

"혹시 소인들이 무슨 잘못을 저질렀습니까?"

"그게 아닐세."

화운룡은 온화한 얼굴로 설명했다.

"내 수하들 중에 원종이라는 사람이 있네."

"아……."

중년 여인의 입에서 나직한 탄성이 흘러나오고 원동오와 심정은 놀라서 눈을 커다랗게 떴다.

*   *   *

"원종은 중요한 임무 때문에 현재 먼 곳에 나가 있는데 떠나기 전에 내게 자네들을 데려와 달라고 부탁했네."

거짓말이다. 만공상판 원종은 초홍을 비롯한 가족에게 큰 죄책감을 지닌 채 그리워하고 있지만 화운룡에게 이런 부탁을 한 적이 없었다.

이것은 순전히 화운룡의 독단이다. 원종을 놀라게 해주려는 것이 아니라 수하의 가족을 잘 보살펴야 한다는 그의 기본적인 상식에서다.

중년 여인은 울지 않으려고 기를 쓰는 모습이 역력하고 원동오와 심정은 놀라움에서 벗어나지 못했다.

사실 이들은 원종의 가족이다. 중년 여인은 과거 원종의 제수씨였다가 그가 겁탈하여 강제로 임신시켰던 초홍이다.

젊은 시절 원종이 초홍을 겁탈한 광경을 목격한 동생은 그 길로 뛰쳐나가 낭떠러지에서 뛰어내려 자살했다.

그 당시에 원종은 이십칠 세였으며 초홍은 그보다 아홉 살이나 어린 십팔 세였다.

동생의 자살에 충격을 받은 원종은 그 길로 가출해서 방랑의 길을 떠났으며, 이후 초홍은 혼자서 아들을 낳아 시부모를 모시면서 살았다.

원종은 십이 년이 지난 후 집에 찾아와서 초홍을 만나 그녀가 자신의 아들을 낳아서 홀로 키우고 또 시부모를 모시고 있다는 말을 들었으나, 죄스러움과 부끄러움을 이기지 못하고 다시 도망치듯 길을 떠났다.

그러나 그는 한시도 초홍과 아들, 그리고 부모님을 잊지 못하고 괴로워했다.

막화가 이번에 초홍 가족을 데리러 갔을 때 원종의 부모는 이미 오래전에 죽은 후였다.

"자네들은 두 가지를 선택할 수 있네."

화운룡은 네 살짜리 사내아이를 무릎에 앉히고 머리를 쓰다듬으면서 말을 이었다.

"본 문 내의 원종의 거처에서 머무는 것과 본 문 바깥 태주현 내에 머무는 것일세."

비룡은월문에 원종의 거처는 애당초 없었다. 화운룡이 임기응변으로 만들어낸 말이다. 그렇다고 해도 그는 자신의 말대로 이들 가족을 대접할 생각이다.

초홍 등은 갑자기 변해 버린 자신들의 삶에 당황하는 기색이 역력했다.

"어디에서 머물더라도 자네들에게 원종의 녹봉이 지급될 걸세. 원종이 내 수하가 된 것이 넉 달 전이었으니까 한 달에 오백 냥씩 넉 달 동안 적립된 녹봉 이천 냥과 이번 달 녹봉 오백 냥을 지급하겠네."

초홍과 원동오 등은 눈을 휘둥그렇게 뜨고 놀랐다. 원동오 부부가 하루 종일 밖에 나가 힘겹게 허드렛일을 해서 버는 돈이 고작 각전 석 냥 남짓이었다.

그런데 원종의 녹봉이 오백 냥이고 적립된 녹봉이 이천 냥이나 되며 그것을 한꺼번에 지급하겠다니 기절초풍할 일이 아니고 무엇이겠는가.

막화가 초홍 등에게 넌지시 한마디 했다.

"각전이 아니라 은자요."

"에엣?!"

초홍 등은 혼비백산하여 입에 거품을 물었다.

은자 한 냥은 각전 즉, 구리 돈 삼십 냥이므로 은자 이천오백 냥은 구리 돈으로 무려 칠만 오천 냥이다.

"아아……."

초홍네 일가족은 하루에 구리 돈 닷 냥이면 풍족하게 먹고 살 수 있다.

화운룡은 사내아이를 안고 일어섰다.

"원종의 거처를 보여줄 테니까 가세."

빈객전을 나선 화운룡은 사내아이를 안고 걸으면서 손짓을 하여 초홍을 불러 옆에서 나란히 걷게 했다.

"자넨 아직도 그를 원망하고 있나?"

초홍은 겨우 멈춘 울음을 왈칵 터뜨렸다.

화운룡은 그녀의 까칠한 손을 잡았다.

"그는 내게 너무 중요한 사람이라서 보내줄 수가 없어 자네들을 데려온 것이니 이해하게."

"아닙니다… 저는……."

"며칠 있으면 그가 올 테니까 오면 미운 만큼 실컷 때리고 꼬집어주게."

초홍은 깜짝 놀라서 화운룡을 쳐다보았다.

"잘못했으니까 맞아도 싸지."

"으흐흑……!"

초홍은 걷잡을 수 없이 눈물을 쏟았다.

화운룡은 껄껄 영감처럼 웃었다.

"헛헛헛! 이런 사실들을 알고서 내가 원종을 많이 혼냈으니까 그를 죽도록 꼬집지는 말게."

화운룡은 초홍 가족을 용황락으로 데려갔다.

초홍 가족은 무릉도원이나 다를 바 없는 용황락의 아름다운 풍경에 넋을 뺏겼다.

화운룡은 용황락 호수의 끝자락에 위치한 별채 같은 이 층 전각으로 향했다.

용황락 입구에서 막화는 물러가고 대신 용황락 전체 관리를 맡은 문리(門吏: 집사)가 화운룡을 안내했다.

문리는 전각을 가리키며 공손히 설명했다.

"현재는 비어 있습니다만 깨끗하게 청소가 된 상태입니다. 세 명의 하녀와 세 명의 숙수가 상주하고 있습니다. 아래층에는 거실과 주방, 식당, 서재와 방 세 칸이 있으며 이 층에는 서재와 다방(茶房) 등, 침실 다섯 칸이 있습니다."

초홍은 금방이라도 혼절할 것 같은 경악하는 표정으로 전각을 바라보다가 옆에서 자신의 손을 잡은 채 걷고 있는 화운룡을 돌아보았다.

"저곳이……."

화운룡은 빙그레 미소 지었다.

"자네 가족이 살 집일세."

"아아……."

화운룡 등이 도착하자 전각 입구에 나와 있던 여섯 명의 하녀와 숙수가 공손히 허리를 굽혔다.

화운룡은 안고 있던 사내아이를 아버지인 원동오에게 건네 주고 나서 말했다.

"며칠 지내면서 여기에서 살 것인지 성 밖에 나가서 살 것인지 결정하게."

화운룡은 키가 자신의 가슴에도 차지 않는 작고 조그만 체구에 고생이 너무 심해서 사십육 세의 나이에 할머니처럼 돼 버린 초홍을 앞에 세우고 어깨를 다독였다.

"그동안 자네의 마음고생을 어찌 이 정도로 보상할 수 있을까마는 이제는 원종을 용서해 주게."

초홍은 어깨를 들먹이며 눈물을 후드득 쏟았다.

"으흐흑……!"

"이제부터는 보란 듯이 열심히 잘사는 걸세."

초홍은 주름이 깊게 파인 얼굴을 들어 눈물을 흘리며 화운룡을 올려다보았다.

"세상천지에 당신 같은 주인이 어디에 있겠습니까……."

화운룡은 조금만 힘을 주면 부서질 것 같은 초홍을 가만히 안고 등을 쓰다듬었다.

"세상천지에 자네처럼 착한 여자가 어디에 있겠나?"

"으흐흐흑……!"

초홍은 그의 품 안에서 대성통곡을 했다. 그동안의 고생과 원망이 다 녹아서 사라지는 것 같았다.

명림은 화운룡을 따라서 운룡재로 가는 동안 수십 번도 더 그의 얼굴을 바라보았다.

'세상천지에 당신처럼 착하고 정의로운 분은 없을 거예요.'

명림은 화운룡이 십절무황 시절에도 그랬고 지금도 그렇다는 사실을 잘 알고 있다.

화운룡이 명림을 힐끗 보았다.

"왜 자꾸 보는 거지?"

명림은 배시시 미소 지었다.

"당신 참 착해요."

화운룡은 어색하게 웃었다.

"착한 체하느라 혼났어."

"부처님 같아요."

"떼!"

화운룡은 명림의 부처님이다.

화운룡이 명림과 운룡재로 들어서자 장하문과 그의 연인 백진정의 안색이 하얗게 질려 있었다.

장하문이 선 채로 다급하게 말했다.

"주군, 통천방이 은한천궁을 공격했답니다."

"뭐야?"

제남 은한천궁은 장하문의 처가댁이고 백진정의 가문이다. 뿐만 아니라 은한천궁 궁주 백청명은 지난번 태사해문이 가짜 주천곤의 시신을 북경으로 운구할 때에도 한달음에 달려와서 화운룡을 도와주었다.

"어떤 상황인가?"

백청명이 전서구로 소식을 알려왔다면 이미 상황이 끝나 버렸을 것이다.

은한천궁하고 비룡은월문은 평소에도 정기적으로 전서구를 통해서 소식을 주고받았다.

통천방은 강소성 춘추구패의 하나인데 아무리 제남의 패자인 은한천궁이라고 해도 상대가 되지 않을 것이다.

그런데 강소성의 절대자인 통천방이 다른 성(省)의 은한천궁을 공격하다니 예상 밖이다.

"궁주께서 가족과 생존자들을 이끌고 남하 중이라는 내용의 전서구를 보내셨습니다! 생존자는 백이십칠 명이라고 하는데 통천방이 끈질기게 추격하고 있답니다. 한나절이면 따라잡

힐 것 같다는 겁니다."

"음."

화운룡은 미간을 좁혔다.

은한천궁은 중급 이상의 문파로서 팔백여 명의 문파고수를 거느리고 있는데 생존자가 백이십칠 명이라면 무려 육백칠십여 명이 죽었다는 얘기다.

더 중요한 사실은 통천방이 천외신계에게 장악됐을지도 모른다는 사실이다.

지난번 주천곤의 가짜 시신을 회수할 때 통천방은 광덕왕이 보낸 동창고수들과 합세하여 화운룡을 핍박했다.

통천방 배후에는 천외신계가 있다고 만공상판 원종이 말했고 그것을 몽개가 증명해 주었다.

통천방이 천외신계의 명령으로 은한천궁을 공격한 것이라면 천마혈계의 발동 시기가 가까워졌다는 뜻이다.

백진정은 두 손으로 얼굴을 가리고 울음을 터뜨렸다.

"으흑흑……! 어떻게 하면 좋아요……."

장하문은 그녀를 안쓰럽게 보다가 화운룡에게 설명했다.

"은한천궁은 이틀 전 한밤중에 느닷없이 급습을 당했으며 궁주께서 오늘 아침에 전서구를 보내신 지점은 숙천(宿遷) 근처라고 합니다."

"숙천이면 산동을 막 벗어나 강소성으로 들어선 곳이로군."

또한 태주헌에서 북쪽으로 사백여 리의 먼 거리다.

통천방에게 공격당한 은한천궁의 생존자들이 도주를 한다면 되도록 통천방에서 멀어지는 것이 상식인데 오히려 통천방이 지배하고 있는 강소성으로 깊숙이 들어오고 있다.

"백 궁주께선 본 문으로 오시려는 것 같습니다."

화운룡의 머리가 빠르게 돌았다. 비룡은월문에서 지금 당장 출발한다고 해도 백청명 일행을 만나는 것은 빨라도 내일 밤이나 이틀 후 아침이 될 것이다.

급습을 당하고 도주하는 생존자들이라면 부상자도 많을 것이라서 이동이 늦을 수밖에 없다.

"주군……."

장하문이 안타까운 표정으로 쳐다보았다.

화운룡은 지그시 어금니를 악물었다.

"소진청을 불러라."

장하문은 얼굴이 환해지며 꾸벅 허리를 굽혔다.

"감사합니다!"

화운룡은 백호뇌가를 동원하려는 것이 아니다. 소진청의 비응신을 이용해서 혈영단의 운설에게 도움을 청하는 비홍을 날리려는 것이다.

장하문은 혈영단을 염두에 두고 있었기 때문에 화운룡이 소진청을 부르라고 하자 즉시 알아차린 것이다.

지금으로썬 운설에게 맡기는 수밖에 방법이 없다.

운설에게 도움을 청하는 서찰은 화운룡이 직접 썼다.

"얼마나 걸리겠나?"

소진청이 서찰을 받아 전통에 넣어 비홍의 발목에 매달면서 대답했다.

"두 시진이면 혈영단주가 받아볼 겁니다."

비홍을 통해서 두 시진이면 운설이 서찰을 받아볼 것이라는 말에 장하문과 백진정은 안도하는 표정을 지었다.

"문제는 혈영단주가 주군의 요청에 응할 것인가 하는 게 남았군요."

화운룡은 대답하지 않았다. 그의 귓전에는 운설이 했던 마지막 말이 쟁쟁 울리고 있다.

"억만금을 준다고 해도 호위고수는 하지 않아요."

그랬던 운설이 화운룡의 서찰을 받고 통천방에게 쫓기는 은한천궁 생존자들을 구하러 달려와 줄 것인가.

사실 화운룡은 자신이 없다.

"우리도 간다."

화운룡의 말에 장하문은 기쁜 기색을 감추지 못했다.

"우리도 갑니까?"

"그렇다. 우리가 전력으로 달려가면 내일 밤에는 백 궁주를 만날 수 있을 거야. 앉아서 조바심을 내느니 직접 가는 게 낫겠지."

화운룡은 자리에서 일어섰다.

"십오룡신이 모두 간다. 비룡검대와 해룡검대에서 오십 명을 선발하라."

"알겠습니다."

장하문은 갑자기 기운이 펄펄 났다.

"두 시진 안에 준비를 마쳐라. 이후 출발하겠다."

화운룡이 서재를 나서 복도를 걸어가는데 명림이 옆에 바싹 따라붙으며 말했다.

"저도 가겠어요."

화운룡은 정면을 주시한 채 걸으며 물었다.

"지금 명림 공력이 팔십 년 정도지?"

"네."

명림은 화운룡의 정확한 기억력에 내심 감탄했다.

"부족하다. 팔십 년이라면 너는 십오룡신 중에서 최약체다."

"그런가요?"

명림은 화운룡에게 '너'라는 소리를 들었지만 아무렇지도 않은 표정이다.

그가 십절무황 시절에는 더한 소리도 많이 들었다. 그는 명림을 정말 여동생처럼 대했었다. 명림이 아무리 어른스럽게 굴어도 그건 변함이 없었다.

명림은 화운룡의 팔을 잡았다.

"당신이 저의 생사현관을 타통해 주면 되잖아요."

화운룡은 어이없는 표정을 지었다.

"뭐?"

화운룡은 필경 보진이 명림에게 뭐라고 언질을 주었을 것이라는 생각에 오른쪽을 쳐다보자 옆에서 걷던 보진이 쌩하고 빠르게 앞서 걸어가며 모른 체했다.

명림은 물러서지 않았다.

"생사현관 타통하는 데 얼마나 걸리죠?"

화운룡이 거절하지 못하도록 그녀는 혼자서 치고 나갔다.

그렇다고 화운룡은 거짓말을 하지 못한다.

"반시진 걸린다."

명림은 두 팔로 화운령의 팔을 잡아 가슴에 안고 약간 코먹은 소리를 냈다.

"저 해줄 수 있죠?"

이래서 화운룡이 그녀를 여동생처럼 대한다는 사실을 그녀는 알지 못했다.

명림의 가슴이 화운룡의 팔에 물컹거렸지만 그는 개의치

않았다.

별다른 느낌이 없기 때문이다. 여동생이 이런다고 이상한 느낌이 든다면 그건 변태다.

"생사현관 타통하려면⋯⋯."

"다 벗어야 한다는 것 알아요."

명림은 용감해져야 한다고 생각했다.

"벗는 것만이 아니라 생사현관을 타통하려면 추궁과혈수법보다 열 배 더⋯⋯."

명림은 도리질을 쳤다.

"죽이든지 살리든지 당신 마음대로 하세요."

"⋯⋯."

화운룡은 뭐라고 할 말이 없어졌다. 그렇다고 해서 그가 명림의 생사현관 타통을 결사적으로 반대하는가 하면 그런 것도 아니다.

그러니까 결국 못 해줄 것도 없다.

第五章
일체신공(一體神功)

　명림의 생사현관을 타통하는 데 반시진이면 충분할 것이라
고 생각했는데 한 시진이나 걸렸다. 원인은 명림이 선천적인
요함혈체(凹陷穴體)를 타고났다는 것 때문이다.

　요함혈체란 글자 그대로 전신혈도가 요함 즉, 움푹 꺼졌다는
얘기다. 더구나 명림의 요함의 정도는 매우 심해서 화운룡은
그녀의 전신 수백 개의 혈도들을 정확하게 찌르고 쓰다듬으며
충격을 가하기 위해 세 배 이상의 시간과 힘을 쏟아야만 했다.

　보통 사람의 혈도는 삼 할의 힘만 가하면 되지만 명림은 육
할에서 구 할까지의 힘을 가해야만 하니까 얼마나 어렵고 힘

이 들지 짐작할 수 있을 터이다.

보진을 불러서 합체를 하면 수월하겠지만 이미 시작한 일을 멈추고 보진을 불러다가 합체를 하는 데 시간이 허비되고 번거로워서 그냥 화운룡 혼자 했다.

명천신의학에 요함혈체에 대해서 기록되어 있기는 하지만 그런 신체를 지녔던 사람이 극도로 희귀했던 터라 자세한 내용은 없었다.

쿠쿠쿠쿠쿵!

명림의 정수리 독맥의 백회혈과 입술 위 임맥의 승장혈 사이의 일곱 개 혈도가 뚫리는 묵직한 음향이 터지는 것과 동시에 기진맥진한 화운룡은 그대로 풀썩 엎어졌다.

"헉헉헉……."

그는 명림의 몸에 뺨을 대고 거칠게 숨을 몰아쉬었다.

명림은 명림대로 방금 임독양맥 생사현관이 타통되었기에 정신이 하나도 없는 상태다.

명림은 벌거벗은 채 똑바로 누워 있는 자신의 가슴에 엎어진 화운룡의 머리를 부드럽게 쓰다듬으며 위로했다.

"애쓰셨어요……."

언제나 그랬었지만 지금 이 순간에는 화운룡이 더더욱 그녀의 목숨보다 소중한 존재로 여겨졌다.

화운룡은 바로 앞에 있는 명림의 얼굴을 보며 투덜거렸다.

"정말 너의 회음혈이라는 것은……."

명림은 지친 중에도 죄스러움이 앞섰다.

"죄송해요."

명림의 전신혈도 요함 현상은 매우 심했지만 특히 회음혈은 너무도 깊이 함몰되어 있었다. 생사현관을 타통하려면 그곳을 총 다섯 번 찌르고 세 번 타격해야 하는데 그 짓을 하느라 화운룡은 진이 다 빠졌다.

한 치도 되지 않는 좁디좁은 부위에 있는 회음혈은 앞쪽으로는 임맥이, 뒤쪽으로는 독맥이 시작되는 곳이므로 가장 중요한 혈도다. 그곳을 빼놓고는 생사현관 타통 자체를 이룰 수가 없다.

회음혈을 총 여덟 번이나 찌르고 때리느라 명림은 별별 자세를 다 취했지만 시술자인 화운룡 역시도 별별 방법을 다 동원했었다.

"그러지 마세요. 당하는 저는 어땠겠어요?"

전혀 도움이 되지 않는 말인 줄 알면서도 명림은 기어드는 목소리로 작게 항변했다.

"뭘 당해?"

명림이 가만히 생각해 보니까 자신이 당한 것은 없다. 말을 잘못했다.

비룡은월문에서 나온 거대한 상선이 동태하 북쪽 분천 포구에 접안했다.

구우우…….

상선에서 화운룡을 비롯한 칠십일 명이 나는 듯이 포구에 내리자마자 대기하고 있는 말에 올라타 일로 북쪽으로 내달리기 시작했다.

십오룡신과 백호뇌가 다섯 명, 거기에 명림, 그리고 비룡검대와 해룡검대에서 선발한 오십 명의 정예고수까지 도합 칠십일 명이다.

늦은 밤, 강소성 중부 지역 회안현(淮安縣) 인근 초원에 몇 개의 모닥불이 타오르고 있다.

어제 오후에 태주현을 출발한 화운룡 일행이 세 번째 휴식을 취하고 있는 중이다.

타닥탁…….

화운룡을 비롯한 십오룡신과 명림, 백호뇌가 사람들은 모닥불에 둘러앉아서 휴식을 취하고 있다.

이 휴식은 네 시진 동안 쉬지 않고 북행을 한 탓에 모두들 지쳤기 때문이기도 하지만, 잠시 쉬면서 최종적으로 현재의 사태를 정확하게 파악하기 위해서이기도 하다.

화운룡은 두 번째 휴식 때 운설이 직접 혈영살수 오십 명을 이끌고 생존자들과 추격자 사이의 고리를 끊으려고 출발했다는 비응신 비홍의 전갈을 받았다.

운설이 움직여 주었다. 결과가 어찌 되든 화운룡은 그 사실이 너무 고마워서 일전에 그녀가 매정하게 떠났던 사실을 다 잊어버렸다.

운설 덕분에 백청명이 이끄는 생존자들이 단 한 차례의 공격도 받지 않으면서 무사히 남행하고 있다는 전갈을 받은 것이 오늘 아침이었다.

그래서 운설과 생존자들이 어디쯤에서 무얼 하고 있는지 최종적으로 확인하고 난 후에 움직이려고 이곳에서 휴식을 취하고 있는 중이다.

화운룡은 방금 운공조식을 끝내고 공력이 오십 년으로 높아진 것을 확인했다. 그가 까맣게 잊고 있어도 태자천심운은 시일이 되면 기특하게 공력을 찔끔찔끔 높여주었다.

오십 년 공력이면 그는 자신이 알고 있는 거의 대부분의 무공들을 전개할 수가 있다. 물론 위력 면에서는 십절무황 시절의 일 할에도 미치지 못할 것이다.

그래도 각곡유목(刻鵠類鶩)이라고 했다. 고니를 그리지는 못해도 오리는 그리게 되는 법이다. 십절무황 시절의 일 할만 흉내를 낼 수 있어도 지금의 화운룡에겐 큰 도움이 될 터이다.

또한 그 정도면 칠팔십 년 공력을 지닌 자를 마음대로 요리할 수 있을 것이다.

그 이유는 두 가지인데 하나는 그의 무공이 상대에 비해서 절대적으로 탁월하기 때문이며, 또 하나는 누구하고도 비교할 수 없는 그의 풍부한 경험 덕분이다.

푸드득…….

비홍이 밤하늘에서 모닥불로 급전직하 내리꽂혔다.

동시에 두 마리의 매 비홍이 도착했다. 한 마리는 소진청에게, 또 한 마리는 염교교의 팔뚝에 내려앉았다.

아까 소진청은 두 마리의 비홍을 똑같이 날려 보냈는데 그 것들이 역시 똑같이 돌아왔다는 것은 운설과 백청명 등이 거의 비슷한 거리에 있다는 뜻이다.

그것은 통천방 추격대가 그들과 같은 위치에 있거나 가까운 거리에 있다는 사실을 뜻하기에 화운룡과 장하문 등은 아연 초조해졌다.

소진청과 염교교가 능숙한 동작으로 전통에서 서찰을 뽑아 펼쳐서 화운룡에게 건넸다.

화운룡은 빠르게 서찰을 읽고 나서 말했다.

"혈영단이 속수(速水) 근처에서 통천방 추격대를 저지하고 있는데 추격대의 한 무리 삼백여 명이 우회하여 동쪽으로 향하고 있다. 백 궁주 일행은 속수에서 동북쪽으로 이십 리 거리인 부령(埠寧)에서 남하하고 있다고 한다."

화운룡은 말을 하면서, 그리고 장하문은 그 말을 들으면서 빠르게 현재 상황을 정리했다.

운설이 오십 명의 혈영살수들을 이끌고 속수 근처에서 추격대를 저지하고 있는데, 추격대의 일부 삼백여 명이 빠져나가 백청명 등을 추격하고 있다.

추격대의 일부와 백청명의 거리는 이십여 리. 추격대와 생존자들의 이동하는 속도는 다를 것이다. 물론 추격대가 훨씬 빠를 것은 당연하다.

"하룡, 추격대의 일부가 백 궁주를 붙잡게 될 예상 시각과 위치를 산정해라."

"알겠습니다."

장하문은 머릿속의 지도를 펼치면서 손에 쥐고 있는 나뭇가지로 바닥에 뭔가를 끄적거리다가 대답했다.

"한 시진 후 청강포(淸江浦) 인근일 것 같습니다. 이곳에서 청강포는 오십 리 정도입니다."

산술적으로도 이십 리 거리에 있는 추격대가 화운룡 일행보다 먼저 백청명 일행을 붙잡을 것이다.

통천방 삼백 명의 추격대가 백청명 백이십칠 명의 생존자들을 덮치면 일각도 지나기 전에 전멸시킬 것이다. 펄펄 나는 추격대와 기진맥진한 생존자들은 싸움 자체가 성립되지 않을 것이기 때문이다.

푸드득…….

그때 또 한 마리의 비홍이 내리꽂혀 소진청 팔에 앉았다. 이번에는 소진청이 직접 서찰을 읽고 나서 화운룡에게 건네주었다. 내용은 백호뇌가의 고수 이십 명이 북쪽에서 백청명 쪽으로 빠르게 남하하고 있다는 것이다.

화운룡은 장하문에게 지시했다.

"백 궁주를 북상시키게."

"주군…….."

장하문은 움찔 놀랐다.

"현재 백 궁주가 남하하고 있는 곳에서 십여 리 북쪽에 내수하들이 남하하고 있다. 백 궁주가 북쪽으로 가서 그들을 만나면 된다."

장하문과 백진정의 표정이 밝아졌다.

"그들은 몇 명입니까?"

"이십 명이다."

화운룡은 태연하게 대답했다. 장하문을 비롯한 모두의 얼굴에 실망하는 기색이 역력하게 떠올랐다.

화운룡은 개의치 않고 말했다.

"그들을 용신들보다 한 수 위라고 설명하면 될 것이다."

"아…….."

화운룡을 제외한 십사룡신의 평균 공력은 백 년이고 모두들 화운룡이 창안한 절세무공을 익히고 있어서 그야말로 무적을 구가하고 있다.

그런데 북쪽에서 남하하고 있는 이십 명이 용신들보다 한수 위라고 한다면 대충 계산해도 삼십여 명의 용신이 있는 것과 비슷한 전력일 것이다.

그러므로 백청명 등이 오십 리 남서쪽의 화운룡 쪽으로 오는 것이나 화운룡 등이 백청명에게 가는 것보다는 십 리 북쪽의 제삼의 조력자들에게 가는 것이 생존할 가능성이 훨씬 클 것이다.

푸드득…….

백청명에게 보내는 서찰을 발목에 매단 비홍이 밤하늘로 높이 날아가고 나서 장하문이 화운룡에게 작은 목소리로 물었다.

"주군, 그들은 누굽니까?"

북쪽에서 남하하고 있는 이십 명이 누구냐고 묻는 것이다.

화운룡은 대수롭지 않게 대답했다.

"백호뇌가다."

장하문은 움찔했다.

"사신천제의 백호뇌가 말입니까?"

"그렇다."

장하문의 시선이 자연스럽게 한 곳으로 향했다. 그의 시선

끝에는 소진청 등이 모여서 앉아 있다.

말을 하지 않았지만 장하문은 소진청 등이 백호뇌가 사람일 것이라고 짐작했다.

화운룡이 일어섰다.

"출발한다."

화운룡은 북상하는 중에 운설이 보낸 서찰을 받았다.

〈나와 이십오 명의 혈영살수는 태이산(太伊山)으로 숨어들었음. 이백 명의 적을 주살했으나 남아 있는 삼백 명이 우리를 포위하고 있음.〉

운설과 혈영살수 오십 명이 백청명 등을 도주시키고 추격대 본진 오백 명과 싸웠으며 그중에 이백 명을 죽이고 혈영살수 이십오 명을 잃은 후에 쫓기다가 태이산이라는 곳으로 숨어들었다는 것이다.

운설과 혈영살수의 실력은 뛰어나지만 그것은 어디까지나 적과 일대일 대결을 하거나 은둔한 상태에서 표적을 암살할 때의 경우다.

이번처럼 엄폐물 없이 탁 트인 장소에서 소위 떼거리로 정면 싸움을 하는 경우에는 혈영살수들이 취약할 수밖에 없다.

그렇다고 해도 운설과 혈영살수들은 이십오 명이 죽으면서 통천방 고수 이백여 명을 죽였다고 하니 혈영살수 한 명이 통천 고수 여덟 명을 죽인 셈이다.

그렇지만 은둔과 잠행술, 암살에 익숙한 혈영살수들에게는 거기까지가 한계다.

운설의 서찰을 읽은 즉시 화운룡이 결정을 내렸다.

"하룡, 진정과 함께 비룡검대와 해룡검대를 이끌고 백 궁주에게 가라."

"명을 받듭니다."

우두두두두—

그곳에서 화운룡 일행은 둘로 갈라졌다.

화운룡과 십이룡신, 그리고 명림은 북서쪽으로, 장하문과 백진정, 비룡검대, 해룡검대의 오십 명 검사들은 북동쪽으로 전력 질주했다.

화운룡이 드넓은 평원 한가운데 있는 태이산에 도착했을 때에는 동이 트기 시작하고 있었다.

산이라고는 하지만 높이 오십여 장에 둘레가 십여 리도 되지 않는다. 산이 크고 높은 지역에 가면 이 정도는 그저 작은 언덕에 불과할 것이다.

다만 태이산은 작은 산인데도 불구하고 불쑥 솟은 암봉과 계곡이 많으며 또한 화운룡 일행이 있는 방향으로 태이산에서 발원한 맑은 계류가 흐르고 있었다.

태이산 주변은 온통 가슴까지 자란 키 큰 누런 풀들이 물결을 이루는 드넓은 초원지대다. 강소성은 어딜 가도 초원과 호수, 강이 흔하다.

화운룡은 태이산을 삼백여 장쯤 남겨둔 계류 가에서 멈춰 말에서 내렸다.

"창천, 벽상. 갔다 와라."

명령이 떨어지기 무섭게 창천과 벽상이 쾌풍운을 전개하여 풀을 가르며 태이산으로 쏘아갔다. 태이산에 척후를 가는 것인데 용신들 중에서 두 사람의 경공이 가장 뛰어난 편이다.

비룡은월문 내부 곳곳에 삼라만상대진을 설치한 이후에는 구태여 옥봉과 주천곤 등을 측근에서 호위하지 않아도 되기 때문에 창천을 데리고 왔다.

용신들이 계류 가 몇 그루 나무에 타고 온 말들을 묶었다.

척후하러 간 창천과 벽상을 기다리는 동안 남아 있는 사람들은 같이 싸울 조를 편성했다.

*   *   *

백호뇌가의 소진청과 염교교가 한 조를 이루고, 건곤쌍쾌 수란과 도범, 홍예가 한 조가 됐다.

화운룡을 비롯한 십삼룡신은 홀수라서 두 명씩 한 조를 짜면 한 명이 남는다.

여기에서 보진이 명림을 위해서 천옥보갑을 양보했다.

보진은 화운룡 혼자서 태이산 쪽을 바라보고 있는 곳에 명림을 데리고 와서 조심스럽게 말했다.

"사부님께선 생사현관이 타통되신 이후 저보다 공력이 훨씬 더 높아지셨을 거예요."

보진은 차분하게 말을 이었다.

"이제 곧 하게 될 싸움은 매우 중요하기 때문에 공력이 조금이라도 높으신 분이 주군과 일체신공(一體神功)을 이루는 것이 좋겠어요."

보진은 화운룡과 합체를 하는 것을 일체신공이라고 나름대로 이름을 붙였다. 명림은 의아한 표정을 지었다.

"진아, 일체신공이 무엇이냐?"

보진은 천옥보갑을 내보이면서 화운룡과 일체가 되는 것에 대해서 간단하게 설명을 했다.

명림은 화운룡이 보진과 옷 한 벌에 들어가서 싸우는 것에 대해서 어렴풋이 알고는 있었지만 자세한 내용을 아는 것은 지금이 처음이라 크게 놀라는 표정을 지었다.

화운룡은 보진과 명림 둘 중에 누구하고 일체가 되더라도 상관이 없다는 생각이다. 하지만 조금이라도 공력이 높은 사람이 싸우는 데 유리할 것이라는 보진의 말을 공감하면서 두 여자가 하는 대화를 묵묵히 듣기만 했다.

보진이 착하다면 명림은 더 착한 여자다. 착한 것으로는 두 여자가 쌍벽을 이룬다.

보진이 일체신공에 대해서 설명을 한 이후부터 명림은 가슴이 두근거리고 입에 침이 말랐다. 천옥보갑 속에 화운룡하고 딱 붙은 채 들어가서 일심동체가 될 생각을 하니까 별별 생각이 다 들면서 정신이 반쯤 달아난 것 같았다.

"진아, 그렇다면 너는 운검하고 몇 번이나 일체신공이라는 것을 했었느냐?"

"세 번입니다. 사부님."

"그렇다면 경험이 풍부한 네가 운검과 일체신공을 하는 것이 좋겠구나."

보진이 하랬다고 '오냐! 그러마!' 하고 덥석 그 말에 따르는 것은 명림의 성격이 아니다.

될 수 있으면 두 번이고 세 번이고 거절하는 게 좋다. 사실 명림은 아직 마음의 준비가 되어 있지 않았다.

화운룡과 일심동체라니, 상상하는 것만으로 피가 증발해 버리는 것만 같다.

보진은 빙그레 미소 지었다.

"사부님, 일체신공은 그 어떤 경험도 필요 없어요."

"그럴 리가……."

"그저 무슨 일이 있어도 놀라지만 않으면 돼요."

"놀라? 왜 놀란다는 것이냐?"

보진은 단전을 개방했을 때 화운룡이 꽉 들어차는 느낌을 어떻게 설명해야 할지 몰랐다.

"어떤 충격 같은 것이에요."

"그런 거야 자신 있지만……."

결국 명림이 당첨됐다. 이것은 착함의 문제가 아니라 공력의 문제이기 때문이다.

잠시 후에 알게 되겠지만 명림의 원래 공력은 팔십 년이었는데 생사현관 타통 이후 무려 이백 년으로 어마어마하게 급증한 상태다.

생사현관을 타통하면 공력이 두 배로 증진되는 것은 상식이지만 명림처럼 공력이 높은 경우에는 증진되는 폭이 좁아서 백삼, 사십 년쯤 돼야 정상이다.

그렇지만 그녀는 요함혈체의 몸을 지닌 덕분에 그런 상식마저 훌쩍 뛰어넘은 것이다.

사실 요함혈체는 천고의 신체인 천음절맥과 쌍벽을 이룰 정도의 신체인데, 너무 희귀해서 명천신의학에도 자세한 기록이 없었던 것이다.

척후를 다녀온 창천과 벽상의 보고에 의하면 계류의 상류 태이산 깊숙한 지점에는 하나의 연못이 있는데 계류의 발원지라고 했다.

바로 그곳에서 운설 등이 배수진을 친 상태에서 결사적으로 항전을 하고 있는 중이라고 한다.

남은 사람은 운설을 비롯하여 일곱 명뿐이고 통천 고수는 이백삼십여 명이라고 덧붙였다.

운설은 다시 혈영살수 열두 명을 잃으면서 통천 고수 칠십여 명을 죽였다. 그렇지만 이제는 그런 단순한 산술(算術) 같은 것은 이루어지지 않는 절박한 시기가 도래했다.

통천 고수들을 죽일 수 있는 것은 운설과 혈영살수들이 제 실력을 십분 발휘할 때의 얘기다.

그러나 지금은 촛불이 꺼지기 직전의 최후의 발악을 하고 있는 중이므로 운설 등으로서는 그저 목숨을 부지하는 것이 최선이다.

계류의 발원지인 연못이 있는 곳은 하나의 제법 넓은 계곡을 이루고 있었다.

연못에서 시작된 계류가 흘러나가는 계곡 입구의 폭은 이 장 남짓으로 좁았다.

그리고 넓은 계곡 주위는 최소 십오 장 높이의 암벽과 암봉들이 병풍처럼 둘러쳐져 있어서 곡구만 철통같이 지키고 있으면 절대로 빠져나가지 못하는 지형이다.

곡구에서 삼십여 장쯤 계류를 따라 들어가면 연못이 나오고 그곳에서 운설을 비롯한 일곱 명의 혈영살수들이 연못을 등진 채 치열하게 싸우고 있었다.

운설과 여섯 명의 혈영살수들은 온몸이 성한 데가 없을 정도로 만신창이 상처투성이다. 다들 얼마나 심하냐의 차이가 있을 뿐이지 가벼운 상처를 입은 사람은 아무도 없다.

혈영단 살수는 백오십여 명이 전부다. 원래 살수 조직은 인원이 많지 않다는 특성이 있다. 그런데 운설이 그중에서 오십 명을 이끌고 왔으면 전체의 삼분지 일이다.

그들이 다 죽고 이제 일곱 명만 남았지만 이들의 운명도 풍전등화의 위기에 직면해 있다.

그렇지만 만신창이가 되어 이제 곧 죽을 지경에 처한 혈영살수들인데도 불구하고, 이런 무모한, 그리고 이득도 없는 싸움에 자신들을 이끌고 온 운설을 아무도 원망하지 않았다. 이런 것이 바로 혈영단의 진면목이다.

쉬이잇!

운설은 혈영단, 아니, 혈영단의 전신 신영루의 절세검법인 참영쾌검을 닥치는 대로 전개하여 통천 고수들의 공격을 차단하면서 외쳤다.

"내 뒤로 와라! 나를 중심으로 흩어지지 마라!"

그러지 않아도 혈영살수들은 운설을 중심으로 뭉쳐서 사력을 다해 검을 휘두르고 있다.

그런데도 그녀는 수하들이 걱정돼서 자신 곁으로 더 바투 모이라고 부르짖는 것이다.

이들 앞 일 장 거리에는 수백 명의 통천 고수들이 부챗살처럼 넓게 대열을 형성한 상태에서 도검을 휘두르며 태풍처럼 공격을 퍼붓고 있다.

통천 고수의 제일선이 공격하다가 지치면 뒤에서 대기하고 있던 제이선 수십 명이 교대해서 운설 등을 공격하는 식이다. 그들이 지치면 제삼선이 대기하고 있다.

이런 식으로 계속 싸우다 보면 먼저 쓰러지는 것은 당연히 운설 쪽이다. 말하자면 지구전이다.

운설과 혈영살수들은 원래 칠흑처럼 검은 흑의 야행복을 입고 있어서 상처나 피를 흘리는 것이 잘 보이지 않지만 그들의 발밑에는 핏물이 흥건하게 고여서 그것이 뒤쪽의 연못으로 여러 줄기가 되어 흘러들어 갔다.

그 덕분에 그들이 있는 쪽 연못은 본래의 맑은 색을 잃고 핏빛으로 시뻘겋게 물들었다.

"조금만 견뎌라……! 조금만……."

운설은 이를 악물고 핏발이 곤두선 눈을 찢어질 듯이 부릅
뜬 채 아까부터 그 말만 중얼거렸다.

사실 그것은 수하들에게 하는 말이 아니라 그 자신에게 하
는 말 아니, 위로였다.

'그는 온다… 반드시 온다……!'

운설은 조금만 버티면 화운룡이 자신들을 구하러 올 것이
라고 철석같이 믿었다.

언제가 될지 모르지만 화운룡은 기필코 올 것이다. 어쩌면
운설 등이 모두 죽은 후가 될지도 모르지만 그래도 그가 올
것이라고 믿었다.

"흐윽……!"

그때 운설 바로 왼쪽에 붙어서 싸우던 혈영살수 한 명이
답답한 신음 소리를 냈다.

운설은 반사적으로 그가 자신의 심복인 무결(武潔)이라는
것을 직감했다.

츄앗!

"끅……."

운설은 재빨리 검을 뻗어 무결을 찌른 자의 목을 깊이 찌
르고 급히 왼쪽을 쳐다보았다.

무결이 맞았다. 그는 복부에서 피를 콸콸 쏟으면서 비틀거
리면서도 운설이 자신을 쳐다보자 빙그레 애써 웃어 보였다.

"별것 아닙니다, 단주."

방금 찔린 복부에서 피와 함께 내장이 꾸역꾸역 흘러나오고 있는데도 무결은 별것 아니라고 말하며 웃었다. 그것이 운설의 가슴을 찢었다.

'제발… 빨리 와라!'

운설은 속으로 목청이 찢어질 듯이 부르짖었다.

누군가를 이처럼 간절하게 기다리는 것도 그녀 일생에 처음 있는 일이다.

콰차차차창!

그런 상황에도 운설과 여섯 명의 혈영살수들은 조금씩 뒤로 밀리고 있다.

후두둑…….

운설은 발뒤꿈치에서 돌과 흙이 떨어지는 것을 느꼈다. 뒤돌아보지 않아도 한 걸음만 밀리면 연못에 빠지게 될 것이라는 사실을 짐작할 수 있다. 연못에 빠지는 순간 끝장이므로 사력을 다해서 버텼다.

반대로 통천 고수들은 운설 등을 연못에 빠뜨리려고 더욱 거세게 밀어붙였다.

"저년은 반드시 사로잡아라!"

근처의 바위 위에 서서 통천 고수들을 지휘하고 있는 자가 우렁차게 외쳤다.

그는 통천 고수들의 우두머리로서 삼십 대 초반의 인물이었다. 머리에 은색의 모자를 썼으며 주먹을 움켜쥐고 허공에 휘두르며 부하들을 다그쳤다.

통천방은 춘추구패의 하나로 최약체 중 하나인 소삼패(小三霸)에 속한다.

통천방에는 다섯 명의 소방주와 한 명의 대방주가 있었는데 춘추구패가 된 이후 소방주를 군주(君主)로, 대방주를 패군(霸君)이라고 부르는 관행을 이어받았다.

이자는 다섯 군주 중 한 명으로 황정군주(黃晸君主)라고 하며 이름은 형비(衡飛), 이번에 제남 은한천궁을 접수하는 총책을 맡았다.

이번에 황정군주 형비가 이끌고 온 통천 고수는 무려 천이백 명이다. 그런데 은한천궁과의 싸움에서 사백 명을 잃었으며, 나머지 팔백 명으로 백청명과 생존자들을 추격했다.

그 과정에 운설의 혈영살수 오십 명이 옆구리를 치고 들어와 급습을 가했다.

운설과 혈영살수들은 급습했다가 물러서고, 또다시 급습하는 전략으로 통천방을 괴롭혔다.

형비는 운설 등과 싸우는 도중에 백청명 등 생존자들을 추격하라고 통천 고수 삼백 명을 보냈으며 오백 명으로 운설과 혈영살수들을 상대했다.

그리고 현재 이백삼십여 명의 고수들로 운설과 여섯 명의 혈영살수들을 최후의 궁지로 몰아넣고 있는 중이므로, 형비는 운설에 대한 분노와 원한이 하늘을 찌를 지경이다.

그래서 반드시 운설을 사로잡아서 정체가 무엇인지, 왜 훼방을 놓는 것인지 알아낸 후에 가장 잔인한 방법으로 그녀를 죽여서 복수를 하려는 것이다.

"엇……"

운설 오른쪽의 혈영살수 하나가 뒤로 밀리다가 발을 헛디뎌서 몸이 연못으로 기우뚱했다.

운설이 급히 왼손을 뻗어 혈영살수의 팔을 잡았다.

탁!

그 순간 기다렸다는 듯이 수십 자루 도검이 그녀와 혈영살수들을 향해 소나기처럼 쏟아졌다.

쐐애액! 쏴아앗!

운설은 연못에 빠지려는 혈영살수를 잡느라 일시간 자세가 흐트러진 상태라서 소나기처럼 쏟아지는 공격에 대처할 수가 없는 형편이 돼버렸다.

'빌어먹을……'

운설은 자신이 죽는 것보다도 화운룡이 아직도 오지 않았다는 사실이 더 슬펐다.

연못 뒤쪽 암벽 너머로 떠오르고 있는 찬란한 아침 해가 운설과 혈영살수들에게 쏟아지는 수십 자루 도검들을 눈부시게 만들었다.

문득 운설의 귓전에 화운룡이 해주었던 말이 맴돌았다.

"용설운이 뭔지 알아?"

화운룡의 용과 설운설의 설, 그리고 두 사람의 이름에서 겹치는 운, 그래서 용설운인데 측근들이 두 사람의 사이가 너무 좋아서 그렇게 불렀다고 그가 말했다.

그랬는데 용설운의 운설이 죽어가고 있는 이 순간에도 용설운의 화운룡이 오지 않고 있다.

퍼퍼퍼퍼퍽!

"끅……."

"컥!"

"캑……!"

바로 그때 운설 바로 앞에서 젖은 가죽 북을 두드리는 소리가 한꺼번에 터졌다.

그와 동시에 반 장 앞에서 운설 등에게 도검을 휘두르며 위험천만한 위협을 가하고 있던 통천 고수 다섯 명이 갑자기 그자리에 풀썩풀썩 주저앉았다.

퍼퍼퍼퍼퍽!

"흑!"

"끄윽……."

이번에는 그 옆의 다른 통천 고수 다섯 명이 마치 커다란 철퇴로 정수리를 강타당한 것처럼 그 자리에 주저앉았다.

퍼퍼퍼퍼퍽!

그런 일은 또다시 세 번째로 벌어지고는 멈추었다.

난데없는 상황에 갑자기 싸움이 중지됐다.

운설과 혈영살수들을 공격하던 통천 고수들은 우왕좌왕하면서 사방을 두리번거렸다.

그때 운설은 방금 전까지 자신들을 향해 도검을 휘두르던 자들 중에 열다섯 명이 모두 주저앉은 채 몸을 부들부들 떨고 있는 것과 그들의 정수리에 화살의 깃대가 튀어나와 있는 것을 발견했다.

'화살?'

하늘에서 쏜 화살 열다섯 발이 열다섯 명의 통천 고수 정수리에 깃대만 남기고 쑤셔 박힌 것이다.

그렇다면 화살촉은 머릿속과 몸통을 뚫고 복부에 이르렀을 것이다.

第六章
오해

운설은 급히 머리 위를 올려다보았다.

"아⋯⋯."

그리고 피투성이 그녀의 얼굴에 더없이 반가운 표정이 가득 떠올랐다.

허공 오 장 높이에 천신처럼 한 사람이 우뚝 선 자세로 정지하여 서 있었다.

천옥보갑을 입고 그 속에서 명림과 일심동체가 된 화운룡이다. 명림은 얼굴까지 옷 속에 가려져 있으므로 밖에서는 보이지 않았다.

화운룡은 왼손에 회천궁을 쥐고 시위에는 한꺼번에 다섯 자루의 무령강전을 건 상태에서 얼굴에는 은은한 노여움을 떠올리고 아래를 주시했다.

스으으……

그는 우뚝 선 자세로 천천히 하강하면서 다시 다섯 발의 무령강전을 동시에 발사했다.

투우우……

다섯 발의 무령강전은 아래로 비스듬히 빛처럼 빠르게 쏘아나가 또다시 정확하게 다섯 명의 통천 고수 이마빼기를 꿰뚫어 버렸다.

퍼퍼퍼퍽!

"큭!"

"커윽……!"

현재 화운룡과 명림의 합체한 일체신공 공력은 무려 이백구십 년이라는 가공한 수준이다.

"우욱……."

화운룡을 발견한 운설은 갑자기 감정이 벅차올라서 울음이 터지려는 것을 간신히 참았다.

그녀가 이제껏 살아오면서 누군가를 보고 지금처럼 아름답다고 여기기는 처음이다.

화운룡은 느릿하게 하강했다.

스으으……

그의 공력 오십 년에 명림의 공력 이백 년, 그리고 그녀의 단전 속으로 들어가니까 알 수 없는 신비한 공력이 사십 년 발생해서 현재 일체신공 상태인 두 사람의 공력은 무려 이백 구십 년에 달했다.

보진과 합체했을 때는 이십오 년의 공력이 생성됐었는데 명림 때는 사십 년이니 어째서 그런 것인지는 모를 일이다. 아무래도 공력이 높은 사람과 합체하면 더 높은 공력이 생성되는 것 같았다.

통천 고수들은 갑자기 출현해서 순식간에 동료들을 이십 명이나 한꺼번에 죽인 화운룡을 놀라면서도 겁먹은 표정으로 쳐다보았다.

그사이에 화운룡은 옆에 선 운설을 쳐다보며 씁쓸한 미소를 지었다.

"늦었다."

운설은 눈물이 글썽해서 원망하듯 그를 바라보았다.

"왜 이렇게 늦었어요?"

"미안하다. 이놈들 처리하고 나서 얘기하자. 너희들은 좀 쉬고 있어라."

운설은 화운룡 혼자서 어떻게 이 많은 통천 고수들을 처리한다는 것인지 궁금하게 여기지 않았다.

그가 미래에 십절무황이라는 사실을 그의 입을 통해서 듣기는 했지만 현재의 그는 무공이 그다지 신통하지 않은 것으로 알고 있다.

그런데도 통천 고수들을 처리하겠다는 그의 말이 신빙성 있게 들렸다. 그리고 그걸 믿는 그녀 자신이 이상하다는 생각이 들지 않았다.

그때 통천 고수들 뒤쪽에서 흡사 몽둥이로 개를 두들겨 패는 듯한 소리가 마구 터졌다.

퍼퍼퍼퍼퍼퍼퍽!

"허윽!"

"큭!"

"크윽……."

그러고는 수십 마디 답답한 신음 소리가 뒤를 이어 와르르 쏟아졌다.

십이룡신들이 통천 고수들의 배후에서 공격하며 무령강전을 발사하고 있는 것이다.

십이룡신 열두 명이 각자 무령강전을 한 번에 두 발씩 발사하기 때문에 통천 고수 스물네 명이 한꺼번에 거꾸러진다.

그렇게 두세 번만 발사하면 통천 고수 칠십여 명이 죽는다. 회천탄은 실수가 없다.

더욱이 절정고수 반열에 이른 십이룡신의 솜씨라면 이런 통천 고수들쯤은 상대도 안 된다.

화운룡은 왼손의 회천궁 끝부분에 돌출된 동그란 모양을 손가락으로 눌렀다.

철컥……!'

그러자 활모양이었던 회천궁이 순식간에 길이 한 자 남짓의 단봉으로 변신했다.

그는 단봉을 품속에 넣으면서 오른손으로 어깨의 무황검을 뽑았다.

스웅…….

용음이 흐르면서 전설의 무황검이 뽑혔다.

화운룡의 놀라운 신위를 직접 겪은 통천 고수들이 겁을 먹고 주춤주춤 물러났다.

반면에 화운룡은 앞으로 미끄러지듯이 전진하면서 무황검을 떨쳤다.

후우우—

청룡전광검이 아니다. 무리를 상대할 때, 그리고 하수를 상대할 때에는 달리 방법이 있다.

검기를 최대한 길게 뿜어내서 이리저리 노를 젓듯이 휘두르면 검기에 걸린 자들은 모조리 뎅겅뎅겅 잘린다.

이것은 십절무황의 현신 같은 것이 아니라 무차별적인 살성(殺星)의 출현이다.

검기는 가벼워서 길게 뻗어낼 수 있다. 반면에 검강은 무겁기 때문에 뻗어내기보다는 뿜어내는 것, 즉 단발로 발출이 용이하다. 그러나 검강은 강적을 만나 일대일로 겨룰 때 주로 사용한다.

후아아아—

무황검에서 뻗어나간 검기의 길이는 무려 일 장이다.

화운룡이 앞으로 미끄러지면서 무황검을 이리저리 전후좌우로 그어대자 통천 고수들은 가을 논에서 농부가 추수를 하듯이 추풍낙엽처럼 나뒹굴었다.

"흐악!"

"크억!"

"크액!"

그렇다고 화운룡이 설렁설렁 무황검을 휘두르는 것이 아니다. 통천 고수들 한복판으로 뚫고 들어가서 전후좌우 검광을 번뜩일 때마다 몸통이 잘린 십여 명의 통천 고수들이 허공으로 훌훌 날아갔다.

검기에 엄청난 공력이 실려 있기 때문에 몸이 잘리면서 반탄력에 날려가는 것이다.

운설은 화운룡이 청소하듯이 통천 고수들을 주살하는 광경을 넋이 달아난 표정으로 망연자실 바라보았다.

"아아……."

조금 전까지만 해도 운설들을 절망에 빠뜨렸던 통천 고수들이지만 화운룡 앞에서는 오합지졸일 뿐이다.

그녀뿐만이 아니라 혈영살수들도 자신들이 부상을 당했다는 사실을 잊을 정도로 대경실색하여 화운룡이 신위를 전개하는 광경을 넋을 잃고 바라보았다.

통천 고수들은 애당초 이백구십 년 공력의 화운룡의 적수가 되지 못했다.

통천 고수들은 무시무시한 살성의 출현에 극도로 겁을 집어먹었지만 그래도 개중에는 용기를 내서 화운룡에게 반격하는 자들이 더러 있다.

그렇지만 논의 벼가 꼿꼿하게 서 있든 바람에 이리저리 흔들리든 낫에 베어지기는 매한가지다. 화운룡에게 덤벼드는 족족 몸통이 잘려서 낙엽처럼 날려갔다.

후아아아—

무황검에서 뿜어진 반투명한 검기는 시간이 흐름에 따라 일 장에서 일 장 반으로 길어졌다.

명림은 통천 고수들의 목이나 몸통이 뎅겅뎅겅 잘려서 허공으로 풀풀 날아가는 광경을 옷 사이로 보면서 눈을 커다랗게 부릅뜨고 연신 불호를 외웠다.

"아미타불… 석가세존이시여… 관세음보살……"

불호를 외우면 엉덩이를 맞는다고 화운룡하고 한 약속 같은 것은 이 순간 조금도 기억이 나지 않았다.

그저 지금은 자신이 염라대왕과 한 몸이 됐으며 자신이 그에게 공력을 주었기 때문에 이런 참극이 벌어지는 것이라는 생각만 머릿속에 가득했다.

아미파 장로 혜오신니 시절의 그녀는 살생을 한 적이 한 번도 없었다.

제아무리 악인이라고 해도 중벌이나 징계를 내리는 것으로 그쳤지 불가에서 엄금하는 살생은 꿈도 꾸지 못했다.

그러던 것이 호북연세가를 도우러 갔을 때 천외신계 고수들을 상대로 싸우면서 살계가 깨졌다.

그때는 그들을 죽일 수밖에 없는 상황이었다. 그들을 죽이지 않으면 그녀와 제자들, 그리고 호북연세가 사람들이 무참한 죽음을 당하기 때문이다.

하지만 이것은 다르다. 이건 싸움이 아니라 염라대왕이 중생들을 마구잡이로 도륙하는 것 같았다.

"아미타불… 아아… 아미타불……."

명림은 화운룡과 구십 세까지 같이 살았으며 그와 천 번이 넘는 싸움에 나갔지만, 현재는 아미파의 혜오신니였다가 미래의 기억을 되찾은 지 며칠 지나지 않은 까닭에 마음이 더할 수 없이 혼란스러웠다.

통천 고수들의 뒤쪽에서도 십이룡신들이 회천궁을 걸고 도

검과 비폭도류, 만우뢰, 파우린 등의 절세무공을 전개하면서
파죽지세로 통천 고수들을 주살하고 있다.

"으으… 뭐야, 저게……."

바위 위에 서 있는 통천 고수들의 우두머리 황정군주 형비
는 난데없이 벌어진 상황에 허둥거렸다.

양쪽에서 호랑이와 늑대들이 순한 양 떼가 돼버린 통천 고
수들을 마구잡이로 살육하고 있는 광경이 그로서는 꿈을 꾸
는 것 같아서 도저히 믿어지지 않았다.

그는 고래고래 고함을 질렀다.

"놈들은 불과 몇 명뿐이다! 물러서지 말고 싸워라!"

하지만 그 자신은 싸움에 가담하지 않았다. 가담할 생각은
추호도 없다.

그가 보기에 이 싸움에 끼어들었다가는 목숨을 보전하기
어려울 것 같았다.

특히 혈영살수들을 등진 채 천신처럼 싸우고 있는 체구가
큰 사내는 통천방주인 패군쯤 돼야 상대할 수 있을 듯한 초절
고수가 분명하다.

통천방의 다섯 명 군주들이 다 그렇듯이 황정군주 형비 역
시 대방주인 패군의 제자 중에 한 명이다.

그때 한 줄기 금빛 지풍이 형비를 향해 일직선으로 쏘아왔
다.

형비가 보니까 화운룡이 이쪽을 향해서 왼손의 손가락 하나를 뻗고 있었다.

그가 발출한 지풍이다.

형비는 그걸 뻔히 보고 있으면서도 피하거나 막지 못하고 뻣뻣하게 서 있었다. 지풍이 믿을 수 없을 정도로 지독하게 빨랐기 때문이다.

그러다가 형비는 한순간 번뜩 정신을 차려 급히 호신막을 일으켰다.

부우우…….

그는 백이십 년 공력을 지니고 있기에 호신막을 전개할 수가 있다.

스우우―

지풍은 형비 일 장 앞에서 세 줄기로 갈라졌다.

형비는 그걸 보면서 혼비백산했다. 발출한 지풍을 도중에 여러 갈래로 쪼갠다는 것은 본 적도 들어본 적도 없었다.

더구나 십오 장이 넘는 먼 거리에서는 더욱 그렇기에 경악할 수밖에 없다.

그 순간 형비는 자신의 호신막이 지풍을 막지 못할 수도 있다는 생각이 번쩍 들었다.

그는 공력이 약해서 무엇이든지 막아낼 수 있는 호신강기를 펼치지 못한다.

타앗!

그 순간 그는 딛고 선 바위를 두 발로 힘껏 박차고 허공으로 신형을 날렸다.

파곽!

"윽……."

솟구치는 순간 왼쪽 뺨과 목이 뜨끔한 것을 느꼈다.

역시 호신막이 뚫렸다.

그는 자신이 지풍에 적중됐다는 사실을 알았지만 멈추지 않고 더욱 공력을 끌어 올려 허공으로 최대한 높이 솟구쳤다가 사력을 다해서 도망쳤다.

수하들이야 어떻게 되든 말든 알 바가 아니다. 지금은 자신의 소중한 목숨을 부지하는 것이 무엇보다 중요하다.

화운룡과 십이룡신의 일방적인 도륙은 이각 만에 끝났다.

당연한 일이지만 화운룡과 십이룡신은 아무도 다친 사람이 없으며 통천 고수들은 전멸했다.

통천 고수 절반은 화운룡이 죽였으며 나머지 절반은 십이룡신들이 죽였다.

계곡에는 통천 고수들의 목불인견 시체들이 즐비하게 깔려 있으며, 연못가 커다란 바위 아래 호젓한 장소에 운설을 비롯한 여섯 명의 혈영살수들이 앉거나 누워 있으며 화운룡이 치료를 하고 있다.

치료를 하는 데 심후한 공력이 필요하기 때문에 화운룡은 여전히 명림과 일체신공 중인 상태다.

운설이 자신의 심복인 무결의 상처가 제일 심각하다고 해서 화운룡은 그를 먼저 치료하는 중이다.

화운룡은 무결의 상의를 벗기고 복부의 상처를 살폈다.

한 뼘 정도 깊이 찔리면서 베인 상처에서는 내장이 삐져나와 징그럽게 흘러 있었다.

무결은 그 외에도 세 군데 상처를 입은 상태지만 혼절하지 않고 헐떡거렸다.

"속하는 괜찮습니다… 단주 상처부터 치료하십시오……."

운설은 발칵 화를 냈다.

"계속 떠들면 혀를 잘라 버리겠다."

그것은 운설만의 애정 표현이다.

화운룡은 조심스럽게 내장을 갈무리해서 상처 속으로 밀어넣은 다음에 갈라진 상처에 손바닥을 밀착시키고 음유한 진기를 쏟아냈다.

"으음……."

무결이 너무 지독한 고통에 몸을 뻣뻣하게 펴면서 질끈 눈을 감았다.

츠츠으으……

운설은 무결의 복부 상처를 덮은 화운룡의 손바닥에서 희뿌연 운무가 피어나는 것을 보고 흠칫 놀랐다.

화운룡을 보니까 그는 진지한 표정으로 자신의 손등을 주시하고 있었다.

그렇게 열 호흡 정도 지났을 때 화운룡은 상처에서 손바닥을 뗐다.

무결의 상처를 본 운설은 탄성을 터뜨렸다.

"아……."

조금 전까지만 해도 한 뼘이나 갈라졌던 상처는 이 순간 말끔하게 봉합되어 있었다.

상처가 있던 부위에는 붉은 선이 길게 그어져 있어서 그곳이 상처였다는 사실을 알려주었다.

화운룡은 희대의 의서 명천신의학의 방대한 내용 중에 깊은 상처를 봉합하는 치료법으로 무결의 상처를 치료했다.

그것은 공력을 약한 양기(陽氣)로 바꾸어서 상처 부위를 불로 지지듯이 봉합하는 근원적인 치료법이며 화운룡은 미래에서 수백 번도 더 이 치료법을 사용했다.

화운룡은 무결의 다른 곳 세 군데 상처도 봉합법으로 말끔하게 치료한 후에 다른 다섯 명도 치료했다.

"설아, 이제 너다."

　　　　　*　　　　　*　　　　　*

　운설은 힘겹게 일어서더니 비틀거리면서 화운룡을 다른 곳으로 데리고 갔다.

　그곳은 몇 개의 바위틈 새로 들어간 아늑한 공간이며 밖에서는 보이지 않았다.

　그녀는 그곳에서 옷을 훌훌 벗고서 가슴과 은밀한 부위만 가린 모습으로 바위에 머리를 대고 바닥에 비스듬히 누웠다.

　"하세요."

　그녀는 수하들 앞에서 벗은 모습을 보여줄 수가 없으며 또한 자신이 수하들보다 더 많은 상처를 입었다는 사실을 밝히기가 싫었다.

　"너……."

　운설의 온몸에 적어도 열 군데 이상 찔리고 베인 상처가 있는 것을 보고 화운룡은 말문이 막혔다.

　그녀는 원래 참을성이 많은 데다 자신의 괴로움 같은 것을 잘 드러내지 않았다.

　"너는 하나도 변한 데가 없구나."

　"훗, 또 미래 얘긴가요?"

　운설은 눈을 반개하고 화운룡을 그윽하게 바라보면서 냉소적인 표정을 지었다.

그것은 그녀가 화운룡의 말을 우습게 여겨서가 아니라 그녀의 천성이 원래 냉소적이다.

화운룡은 묵묵히 그녀의 상처를 치료했다. 목과 어깨, 팔, 가슴, 옆구리, 몸 뒤쪽의 등에 가볍지 않은 상처들을 입었지만 화운룡이 치료를 하는 동안 그녀는 눈썹 한 번 찌푸리지 않았다.

어린아이 손바닥보다 작은 유조와 속곳만을 입고 있는 상태라서 나신이나 다름이 없는 모습이지만 운설은 조금도 부끄러워하지 않았다.

또한 그녀는 수하들에게는 벗은 모습을 보여주기 싫어하면서도 화운룡에게는 거리낌 없이 보여주고 있다.

그러나 사실 그것은 거리낌 없는 것이 아니다. 어쩔 수 없는 상황이라면 그냥 대범하게 대처하는 것이 좋다는 그녀의 평소 지론대로 행동하고 있는 것이다.

화운룡이 치료하는 모습을 여전히 눈을 반개한 채 지켜보던 운설이 불쑥 말했다.

"당신 뚱뚱해졌군요."

"그런가?"

천옥보갑 속에 명림과 같이 있기 때문이지만 화운룡은 거기에 대해서 설명하지 않았다.

약 일각에 걸쳐서 화운룡은 운설의 치료를 끝냈다. 나중에 더 이상 손을 보지 않고 금창약 정도만 바르는 것으로 흉터조차 남지 않게 될 것이다.

"다 됐다."

운설은 자신의 몸을 한 번 슥 훑어보더니 작게 감탄했다.

"화타도 당신보다는 못할 거예요."

"과찬이야."

화운룡은 일어나서 천옥보갑을 벗고 명림을 나오게 했다.

그 광경을 지켜보던 운설은 뜻밖이라는 표정을 짓더니 총명하게 눈을 빛냈다. 화운룡이 왜 갑자기 뚱뚱해졌는지 이유를 알게 되었다.

"당신 그녀의 공력과 합체한 건가요?"

아까 화운룡이 굉장한 솜씨로 통천 고수들을 주살하던 광경을 운설은 새삼 떠올렸다.

"역시 너는 똑똑하구나."

명림은 운설을 보고 몹시 반가운 표정을 지었다. 미래에 두 사람은 간담상조할 정도로 친했다. 물론 열한 살이나 어린 운설이 명림을 언니라고 불렀다.

명림이 반가워서 어쩔 줄 모르는 표정을 지으며 운설에게 다가갔다.

"설아, 이렇게 젊은 너를 보게 되다니……."

운설은 자신을 만지려는 명림을 움찔 피하고 나서 그녀를 가리켰다.

"이 여자도 미래에서 왔나요?"

명림이 대답했다.

"아냐, 그가 내 미래의 기억을 되살려 주었어."

"미래의 기억을……."

운설은 호기심 어린 표정으로 화운룡에게 물었다.

"그럴 수도 있는 건가요?"

"그래."

"그럼 나도 가능한가요?"

화운룡은 말없이 고개를 끄떡였다.

운설은 조금 긴장했다.

"나도 해줄 건가요?"

화운룡은 잠시 운설을 바라보다가 바위 바깥으로 나가며 그녀의 어깨를 가볍게 툭 쳤다.

"와줘서 고맙다."

운설의 물음에는 대답하지 않았다.

"이봐요."

운설이 부르자 화운룡이 돌아섰다.

"원하는 것을 말하면 들어주겠다."

화운룡이 운설과 혈영살수들을 부른 것은 다른 게 아니라 거래였다는 뜻이다. 혈영단은 청부 조직이니까 마땅히 대가를 지불하겠다는 얘기다.

걸음을 멈춘 운설의 얼굴에 놀라움이 가득 떠오르더니 곧 차갑게 굳었다.

그녀는 화운룡을 따라서 바위 밖으로 나가면서 씁쓸한 얼굴로 말했다.

"거래라면 비겼어요. 만공상판이 나를 구했잖아요."

"원종이?"

"몰랐나요?"

"그래."

운설은 자신과 등천일협하고의 일을 원종이 그에게 보고하지 않았다는 사실을 깨달았다.

운설은 원종과 만난 이후 화운룡을 다시 한번 꼭 만나야 할 필요성을 느꼈으며, 때에 따라서는 그의 수하가 될 수도 있다는 생각을 했었다.

그리고 아까 통천 고수들과의 싸움에서 절망적인 상황에 처했을 때 화운룡이 반드시 구하러 올 것이라고 거의 신념에 가까울 정도로 믿었으며, 마침내 그가 나타났을 때의 기쁨과 환희는 뭐라고 설명할 수 없었다.

이후 화운룡과 그의 수하들이 통천 고수들을 깡그리 죽인 것과 운설을 비롯한 혈영살수들을 치료해 줄 때까지도 운설의 마음은 변함이 없었다.

그런데 화운룡은 조금 전에 와줘서 고맙다느니, 원하는 것을 들어주겠다면서 이 일을 거래였다는 식으로 말해서 운설을 싸늘히 식게 만들었다.

보진이 급히 달려왔다.

"주군, 비룡검대와 해룡검대, 그리고 은한천궁의 생존자들이 합세해서 통천 고수들을 몰살시켰으며, 이후 그들은 남하하고 있다는 전갈이 왔습니다."

"우리 쪽 피해는?"

보진이 의기양양하게 대답했다.

"전무하답니다."

"좋아."

듣고 있는 운설은 화운룡이나 그가 이끌고 온 고수들이 굉장하다는 생각이 들었다.

달랑 화운룡과 그의 수하 열두 명이 자신들의 열 배가 훨씬 넘는 이곳의 통천 고수 이백삼십여 명을 불과 이각 만에 깡그리 도륙했으면서도 정작 화운룡 등은 가벼운 상처 하나입지 않았다.

더구나 화운룡의 수하들인 것 같은 비룡검대와 해룡검대는 백청명을 추격한 통천 고수 삼백여 명을 몰살시켰으면서도 자신들은 한 명도 죽지 않았다는 것이다.

물론 백청명과 은한천궁 고수들이 도왔겠지만 지친 그들로

서는 그저 들러리 역할만 했을 것이고 비룡검대와 해룡검대
가 다 처리했을 것이다.

팔 개월 전에 운설이 은한천궁에서 처음으로 화운룡을 만
났을 때 그는 그다지 강해 보이지 않았었다.

그리고 그가 자신을 해남비룡문의 소문주라고 소개했던 말
을 기억한 운설이 나중에 해남비룡문에 대해서 조사를 해봤
더니, 강소성 남쪽 지방 태주현이라는 시골 구석의 삼류문파
라는 결과가 나왔었다.

그랬었는데 지금은 춘추구패의 하나인 통천방 고수 오백수
십 명을 간단하게 몰살시켜 버릴 정도의 막강한 문파로 변신
을 한 것이다.

그러나 운설의 생각은 길지 않았다. 화운룡이 수하들과 함
께 떠날 채비를 하는 것을 봤기 때문이다.

화운룡과 운설 일행은 계곡을 걸어 나갔다.

화운룡과 십이룡신이 앞서고 운설과 여섯 명의 혈영살수들
이 뒤따랐다.

운설 등은 화운룡이 치료를 해주었다고는 하지만 말끔하게
완치된 것이 아니라서 제대로 걷지도 못했다.

화운룡은 걸으면서 운설을 뒤돌아보았다.

무결을 부축하고 뒤따라오는 운설과 눈이 마주쳤다.

운설은 그의 시선을 외면하고 다른 곳을 보았다. 화운룡에 대한 그녀의 마음은 이미 식었다.

화운룡은 다시 앞을 보며 씁쓸한 표정을 지었다.

[도대체 당신 설아에게 왜 그러는 거예요?]

옆에서 나란히 걷는 명림이 그에게 전음을 보냈다.

[운설은 그냥 제 삶을 살도록 해주고 싶다.]

[그럼 저는 왜 기억을 되찾게 해주셨어요?]

화운룡이 명림을 보았다.

[미래의 기억을 되찾은 걸 후회하는 거야?]

[무슨 말씀이에요? 그 반대예요. 저의 진실한 삶을 찾게 돼서 말할 수 없이 기뻐요. 그러니까 설아도 기억을 찾게 해주면 저처럼 기뻐하지 않을까요?]

화운룡은 씁쓸한 미소를 지었다.

[기억을 찾아주면 운설은 나를 원망할 거야.]

[그렇지 않을 거예요. 저나 교교, 예아, 수란이 기억을 되찾은 것을 후회하던가요?]

[운설은 달라.]

명림은 화운룡의 씁쓸한 표정을 보았다.

[당신 설아하고 무슨 일이 있었군요?]

화운룡은 대답하지 않았다.

그는 운설이 명림이나 백호뇌가 사람들하고는 근본적으로

다르다고 생각한다.

명림은 일개인이라서 미래의 기억을 되찾아도 아미파에서 파계하고 화운룡에게 오면 되고, 백호뇌가 사람들은 원래 화운룡의 수하니까 두말할 필요도 없다.

그렇지만 운설은 혈영단이라는 무림제일의 살수 조직을 이끌고 있으므로 미래의 기억을 되찾는다고 해도 혈영단을 해체하거나 놔두고 운설 혼자 화운룡에게 올 수가 없을 것이다.

미래의 기억 때문에 그녀 개인적으로는 화운룡에게 오고 싶을지 모르지만 혈영단이 발목을 잡는 상황이 발생할 것이라는 얘기다.

화운룡은 나도 좋고 너도 좋은 방법을 원하는 것이다. 나는 좋은데 네가 나쁜 것은 불공평하다.

그러므로 미래의 기억 같은 것으로 운설을 속박하고 싶지 않은 것이다.

화운룡은 말들을 묶어놓은 곳으로 출발하기 전에 다시 한 번 운설을 돌아보았다.

운설은 잠시 서서 그를 응시하다가 북쪽으로 방향을 잡고 걸어가기 시작했다.

그녀는 화운룡에게 작별 인사는 물론이고 목례조차도 하지 않고, 두 번 다시 만나지 않을 사람처럼 가버렸다.

화운룡은 운설이 혈영살수들과 걸어가는 모습을 보면서 그게 그녀가 갈 길이라고 생각했다.

그리고 이것이 그녀와의 마지막이라고 믿었다.

화운룡이 말들이 묶여 있는 곳에 도착했을 때 뜻밖에 원종이 기다리고 있었다.

원종은 땅바닥에 부복했다.

"주인님."

"본 문으로 곧장 가지 않았느냐?"

화운룡은 원종의 가족을 비룡은월문으로 데려다놓은 직후 원종에게 돌아오라고 전갈을 보냈었다.

"저쪽에서 본 문 사람들을 만났는데 주인님께서 여기에 계실 것이라는 얘기를 듣고 달려왔습니다."

"그래. 잘 왔다."

화운룡은 더 이상 광덕왕을 감시할 필요가 없다고 판단했다.

원종은 주위를 두리번거리면서 누굴 찾는 듯했다.

"혈영객이 오지 않았습니까?"

"그녀는 떠났다."

원종은 움찔 놀랐다.

"주인님께서 그녀를 받아들이지 않으셨습니까?"

다른 사람들은 저만치에서 기다리고 있으며 명림과 보진이 화운룡 좌우에 서 있었다.

"내가 운설을 받아들이다니 무슨 뜻이냐?"

"혈영객은 주인님 수하가 되고 싶어 했습니다."

"운설이 그렇게 말했느냐?"

"소인의 느낌입니다만……."

화운룡은 고개를 저었다.

"그럼 아니다."

그녀는 아까 운설의 행동과 모습을 떠올렸다. 그것은 수하가 되고 싶어 하는 사람의 그것이 아니었다.

"혈영단은 설 곳이 없어졌습니다."

원종이 불쑥 말하자 말에 타려던 화운룡이 행동을 멈췄다.

"무슨 뜻이냐?"

"광덕왕이 혈영단에 정현왕과 주인님을 죽여달라고 청부를 했었습니다. 청부금이 금 백십만 냥이었습니다."

화운룡은 운설이 당연히 그 청부를 거절했을 것이라고 생각했다. 그리고 광덕왕은 가만히 있지 않았을 것이다.

"등천일협이라는 자가 광덕왕의 군사인데 그자가 혈영객을 만나러 나왔고, 그녀가 일언지하에 거절하자 그녀를 죽이고 청부를 은오루에 맡기겠다고 협박했습니다."

원종이 설명을 하는 동안 화운룡은 운설이 사라진 방향을 물끄러미 응시했다.

광덕왕의 청부를 거절했다는 것은 혈영단의 입지가 지금보다 훨씬 더 좁아질 것이라는 뜻이다.

게다가 광덕왕 배후에 있는 천외신계가 혈영단을 가만히 놔둘 리가 없다.

"소인이 혈영객에게 어차피 주인님의 수하가 될 거라면 하루라도 빨리 그러라고 말하니까 그녀가 말없이 고개를 끄떡였습니다."

운설은 이번에 사십사 명의 혈영살수를 잃었으니 혈영단 전력에 막대한 손실을 입었다.

혈영살수 한 명을 길러내는 데 십 년이 걸리고 또 은자 백만 냥이 소요된다고 운설이 말했었다.

명림이 화운룡을 책망하듯 말했다.

"원하는 것을 말하면 들어주겠다니, 저라도 그런 말을 들으면 오만 정이 다 떨어지겠어요."

화운룡 딴에는 운설이 제 갈 길로 가라고, 미래의 운명 같은 것에 한눈팔지 말라고 그렇게 말했던 것인데 그게 운설을 실망시켰던 모양이다.

그렇지만 운설은 그 말에 실망을 넘어서 절망에 빠졌던 것이다.

"뭐 해요? 어서 가서 설아를 데려오지 않고서."

명림이 화운룡의 등을 떠밀었다. 이럴 때의 그녀는 절대로 화운룡의 여동생 같은 존재가 아니다.

운설이 화운룡을 돕겠다고 한달음에 달려온 것을 화운룡은 '거래'라고 일천지하에 매도, 폄하해 버렸다.

"이 바보 멍청이! 여자를 그렇게 몰라요?"

명림이 빽 소리칠 때 화운룡은 훌쩍 몸을 날려 말에 올라 운설이 사라진 방향으로 달려갔다.

"같이 가요!"

명림이 쏜살같이 달려와서는 화운룡 뒤에 앉아 그의 허리를 끌어안으며 종알거렸다.

"설아에게 무슨 일이 생기면 평생 당신을 원망할 거예요."

명림의 말이 아니더라도 화운룡은 운설에게 무슨 일이 생긴다면 평생 자기 자신을 원망하게 될 것 같았다.

第七章
환란중견진정(患亂中見眞情)

　화운룡은 누런 풀들이 물결처럼 넘실거리는 초원의 한곳에
서 혈영살수들을 만났다.

　그런데 혈영살수들은 풀숲에 모여앉아서 휴식을 취하고 있
는 중이었다.

　태이산에서 겨우 사백 장 떨어진 곳에서 휴식을 취하고 있
다는 것이 뭔가 석연치 않았다.

　혈영살수들은 모두 일어나서 말 위에 앉아 있는 화운룡에
게 가볍게 목례를 보냈다.

　"운설은 어디에 갔느냐?"

화운룡의 물음에 무결이 팔을 뻗어 한쪽 방향을 묵묵히 가리켰다.

　화운룡은 운설이 어째서 혈영살수들하고 떨어진 것인지 영문을 모르는데 같은 여자인 명림은 어떻게 된 일인지 짐작하고 화운룡을 재촉했다.

　"가보세요."

　명림은 화운룡 혼자만 보냈다.

　화운룡은 운설을 혈영살수들로부터 백 장 이상 떨어진 곳에서 발견했다.

　운설은 싸우느라 공력이 많이 허비되고 부상을 입은 상태에서 웅크린 채 울고 있는 중이라 화운룡이 가까이 다가오는 것을 알지 못했다.

　화운룡은 운설이 울고 있는 것을 보고는 멈칫하며 적잖이 충격을 받았다.

　'울어?'

　그는 미래에 운설과 오십 년 이상 같이 살았지만 모친 빙마마가 죽었을 때를 제외하고는 그녀가 우는 것을 한 번도 본 적이 없었다.

　운설은 화운룡이 뒤에 서 있는 것도 모른 채 두 무릎을 세우고 두 팔로 무릎을 끌어안아 무릎 위에 얼굴을 묻고 소리

죽여서 흐느껴 울었다.

그녀는 목 놓아서 소리를 지르며 울고 싶었지만 멀지 않은 곳에 수하들이 있기 때문에 그러지 못했다.

혈영단주이며 혈영객인 그녀가 수하들에게 우는 소리를 들려줄 수는 없는 일이다.

그녀는 화운룡과 헤어져서 수하들과 함께 북쪽으로 걸어가고 있었는데, 갑자기 가슴속 저 밑바닥에서부터 슬픔인지 아픔인지 모를 거대한 무엇인가가 자꾸만 치밀어 올라 도저히 견딜 수가 없는 상태가 되었다.

그래서 수하들에게 휴식을 취하고 있으라 이르고는 허겁지겁 이쪽으로 달려온 것이다. 이후 갑자기 울음이 터져서 그 자리에 주저앉아 그때부터 숨죽여 울고 있는 것이었다.

화운룡은 운설이 우는 것을 물끄러미 지켜보기만 했다. 그가 할 수 있는 일이 아무 것도 없기 때문이다.

그런데 그때 갑자기 이상한 일이 일어났다. 그녀가 무슨 넋두리를 하면서 우는 것도 아니거늘 화운룡은 그녀가 왜 우는 것인지 이유를 알 수 있을 것 같았다.

그녀의 나직한 울음소리에 미묘한 그 뜻이 새록새록 담겨져 있었다.

그녀의 하소연을 들을 필요가 없었다. 그저 그녀의 소리 죽여 우는 울음소리가 어떤 전달 매체라도 되는 것처럼 그의 귀가 아닌 가슴속으로 어떤 의미들을 속속 스며들게 했다.

그리고 그것들은 운설이 품고 있던 어떤 아픔을 화운룡에게 전가시켰다.

화운룡은 그녀에게 다가가 뒤에 무릎을 꿇었다.

부스럭…….

풀잎 소리에 운설은 움찔 놀라서 뒤돌아보았다.

화운룡은 그녀를 말없이 뒤에서 안았다. 그녀의 몸이 후드득 떨리는 것이 전해졌지만 그는 더 힘을 주어 그녀를 안았다.

"당신… 왜 왔어?"

운설은 울음 섞인 목소리로 그에게서 빠져나오려고 몸을 비틀며 저항했다.

하지만 그녀의 저항은 그에게서 빠져나오려는 것이 아니라 그저 작은 앙탈일 뿐이다.

지난번 은한천궁에서 단둘이 있을 때 화운룡이 잡아당겨서 운설을 안은 적이 있었다. 죽은 남편 임용의 무릎 위에도 앉은 적이 없었던 운설이지만 화운룡을 뿌리치지 않았었다.

그렇게 처음 만남부터 둘은 어떤 불가분의 관계로 엮여 있었던 것이다.

"왜 온 거야?"

운설은 의미 없는 중얼거림을 흘렸다. 그리고 자신이 울고 있다가 들켰다는 사실을 부끄러워하지도 않았다.

그저 너 때문에 내가 울고 있는 거야, 하고 대놓고 표정으로 말했다. 그것은 마치 화운룡이 와줘서 정말 고맙다고 몸으로 말하는 것 같았다.

화운룡은 운설을 슬쩍 풀어주었다.

"날 봐."

운설은 상체만 돌려 그를 보려고 했다.

그녀는 보통 여자들하고 아주 크게 다른 성격을 지니고 있다. 아양이나 교태 같은 것을 부릴 줄도 모르고 내숭 같은 것은 더더욱 모른다.

그녀는 뼛속 깊이 무인이며 살수다. 그녀에게서 여자의 향기를 바란다는 것 자체가 무리다.

그렇지만 그녀도 근본은 여자다. 남자보다 더 남자 같은 그녀를 여자로 만드는 재주를 화운룡은 갖고 있다.

남들이 보면 여전히 남자보다 더 남자 같은 여자지만, 화운룡에겐 나긋나긋한 여자인 것이다.

물론 화운룡은 여자라는 족속에 대해서는 여전히 문외한이지만 한 인간으로서 운설을 잘 알고 있는 것이다.

그는 상체를 돌린 운설의 몸통을 잡고서 자신 쪽으로 돌려 마주 보게 앉혔다.

"뭐… 하는 거야?"

책상다리를 하고 앉은 화운룡의 무릎 위에 앉게 된 운설이 놀란 얼굴로 몸을 뻣뻣하게 했다.

"가만히 있어라."

화운룡이 두 손을 그녀의 등에 대고 바싹 끌어당겼다.

혼인을 해서 아이까지 낳은 운설이지만 화운룡과 이런 자세로 있는 것이 몹시 쑥스러웠다. 남자를 익히 알고 있는 그녀의 몸이 그것을 깨달은 것이다.

그녀의 몸이 일제히 화닥닥 놀라서 깨어나며 경계와 흥분을 동시에 일으켰다. 화운룡의 갑작스러운 행동을 보고 운설은 그가 자신을 원하는 것이라고 착각을 했다.

"당신……."

하지만 그녀는 벌떡 일어서거나 그를 거세게 밀치지 않고 몸을 움찔거리면서 작게 항거했다.

"가만히 있어라."

화운룡은 그렇게 말하면서 커다란 손으로 그녀의 등을 더욱 바싹 끌어당겼다.

"수하들이 가까이에 있잖아……."

운설은 오해를 하고 있다.

"금방이면 된다."

화운룡은 두 손으로 운설의 등을 조심스레 쓰다듬었다.

남자들을 돌처럼 여기는 그녀지만 이상하게도 화운룡에게만은 너그러웠다. 미래에 자신이 화운룡하고 어떤 관계인지도 모르면서 무조건 그에게만은 양보하고 인내했다.

화운룡은 운설을 자신의 품에 전력을 다해 힘껏 끌어안았다.

"아아……"

운설이 버둥거리면서 그의 목을 두 팔로 힘껏 안고 신음 소리를 냈다. 운설은 키가 크고 늘씬하지만 체구가 큰 화운룡에 비하면 어린 소녀나 다름이 없다.

그때 운설이 갑자기 몹시 갈증에 허덕이는 것처럼 허겁지겁 입맞춤을 했다.

화운룡이 움찔 놀라는데 그녀는 이미 화운룡에게 깊은 입맞춤을 시작했다. 화운룡은 심심상인을 하는 데 입맞춤을 하는 것이 도움이 된다는 사실을 명림 때 알았기에 지금도 그럴 것이라고 여겨서 가만히 있었다.

"음… 음……"

운설은 매달리듯이 더욱 힘차게 그를 끌어안았다.

이제 그녀는 화운룡이 자신을 어떻게 하든지 다 받아들일 마음의 자세가 되었다.

"……!"

그러다가 어느 한순간 그녀의 모든 동작이 뚝 멈추었다.

그녀는 화운룡과 깊게 입을 맞추고 있는 상태에서 두 눈을 커다랗게 부릅뜨고 그를 바라보았다.

화운룡은 혼비백산하고 있는 운설의 눈을 보고 심심상인

이 성공했다는 사실을 알았다.

운설은 거센 폭풍이 온 정신과 마음을 휩쓰는 듯 부들부들 몸을 격렬하게 떨면서 잡고 있던 화운룡의 얼굴을 놓더니 감격에 겨워서 그를 응시했다.

"이게 무슨 일이야? 이렇게 젊고 잘생긴 당신을 보다니… 내가 지금 꿈을 꾸고 있는 거야?"

그녀는 자신의 입술을 화운룡의 입술에 대면서 감격에 찬 목소리로 말했다.

그녀는 자신이 천하에서 십절무황에게 하대를 하는 유일한 사람이라는 사실을 마침내 기억해 냈다.

미래의 그 시절에 운설은 화운룡의 부인처럼, 홍예는 애인처럼 행동했다.

그래서 측근들이 두 여자를 일컬어 설부홍연(雪婦紅戀)이라고 말할 정도였다.

말하자면 운설은 부인이고 홍예는 애인이라는 뜻이다.

운설은 원래 과묵한 성격이지만 화운룡만 보면 사사건건 이래라 저래라 잔소리를 늘어놓았으며, 홍예는 착착 감기면서 평생 독신이었던 화운룡의 애인 노릇을 톡톡히 했었다.

"아아… 그랬었구나… 그랬었어… 당신은 나 운설의 모든 것이었어……."

그녀는 조금 전까지의 기억과 미래에 화운룡과의 기억을 모두 되찾게 되었다.

화운룡은 운설의 어깨를 툭툭 두드렸다.

"잘 있었어?"

"그래. 내 사랑……."

화운룡은 운설이 자신을 사랑하는 것을 내버려 뒀다. 또한 운설은 그가 자신을 사랑하지 않는 것을 이해했다. 두 사람은 그런 부조화의 관계였다.

"어떻게 한 거지? 어떻게 내 기억을 되살린 거야?"

"나도 모르겠어. 이렇게 상대를 깊이 안으면 미래의 기억을 되찾더라고."

운설은 다시 화운룡에게 가까이 다가가 천천히 부드럽게 입을 맞췄다.

예전에, 아니, 미래에 운설은 술이 취하거나 화운룡에 대한 사랑이 넘쳐서 도저히 견딜 수 없을 때에는 그의 입술을 뺏곤 했었다.

물론 화운룡은 그녀를 뿌리쳤지만 열 번에 한두 번 정도는 받아주었다.

그도 외로웠기 때문이었을 것이다.

운설은 화운룡과 마주 앉은 자세에서 물었다.

"우리가 다 미래에서 과거로 돌아온 거야? 도대체 뭐지? 어떻게 된 거야?"

"아냐. 내가 팔십사 세에서 우화등선을 시도했다가 과거로 돌아온 거야."

"우화등선?"

"그래. 하지만 너희들이 미래의 기억을 되찾았기 때문에 너희들도 과거로 돌아온 것이나 마찬가지야."

운설의 얼굴이 쓸쓸해졌다.

"내가 팔십육 세로 죽기 직전에 당신이 우는 걸 봤었어. 그게 너무나도 가슴이 아팠어."

그녀가 화운룡의 뺨을 부드럽게 쓰다듬었다.

"당신이 날 위해서 울어주는 것을 보고 죽을 수 있어서 정말 다행이었어."

화운룡은 마음을 감추지 않기로 했다.

"나는 아내를 잃은 심정이었지."

"후훗, 그래야 내 사랑이지."

화운룡은 먼저 살았던 인생에서 옥봉과 함께하지는 못했지만 대신 많은 인연과 추억을 만들었다. 그로서는 그것이 최선의 삶이었다.

*   *   *

화운룡과 운설은 나란히 걸어서 명림과 혈영살수들이 기다리는 곳으로 걸어갔다.

　운설이 다정하게 그의 손을 잡았다.

　"당신 과거로 돌아온 생에서는 혼인했어?"

　"안 했어."

　미래에서 화운룡은 설부홍연 즉, 운설과 홍예에겐 영감처럼 굴지 않았다.

　운설이 미소 지으면서 그를 슬쩍 쳐다보았다.

　"그럼 아직도 총각이겠네?"

　화운룡은 쓴웃음을 지었다.

　"그런 셈이지."

　"내가 당신을 차지하려고 그렇게나 무던히 노력을 했었는데 옥봉을 향한 당신의 숭고한 짝사랑 덕분에 매번 헛물만 켰었지."

　"운설 너는 사랑스러운 여자였어."

　북풍한설 같은 운설이 사랑스럽다는 사실은 화운룡만 알고 있다. 피도 눈물도 없는 혈영객이 사랑스럽다고 말하면 무림인들이 배를 움켜잡고 웃을 것이다.

　그녀는 방긋 웃었다.

　"당신만 보면 그런 마음이 되는 걸 어떻게 해?"

　그녀는 입술을 삐죽거렸다.

"과거로 돌아오려면 내가 처녀였을 때로 왔어야지. 그러면 당신의 여자가 됐을 텐데."

"그게 마음대로 안 되더라."

"마음대로 선택할 수 있었다면 당신 내가 처녀였던 시절로 왔을 거야?"

"아니겠지."

화운룡은 당연하다는 듯 아니라고 대답했고 운설은 그럴 줄 알았다는 듯 태연하게 받아들였다. 운설이 화운룡의 손을 잡은 손에 힘을 주면서 당연히 그래야 한다는 듯이 말했다.

"넉넉잡고 보름만 기다리면 당신에게 갈게."

"어떻게 할 거지?"

운설은 태연하게 말했다.

"혈영단을 해체해야겠지. 내가 없으면 수하들은 아무도 혈영단에 남아 있으려고 하지 않을 거야."

"그럼 다 데리고 와라."

운설은 깜짝 놀라서 걸음을 멈추고 그를 바라보았다.

"그래도 돼?"

운설은 형제 같은 혈영살수들을 죽을 때까지 책임지고 싶은 마음이 굴뚝같지만 화운룡에게 그들까지 맡아달라는 부담을 주고 싶지 않아서 말하지 않은 것이다.

"물론이다. 빙마마와 은비도 데리고 와."

빙마마는 운설의 모친이고 은비는 딸이다.

"정말이야?"

운설이 소녀처럼 눈을 빛내면서 예쁜 표정을 짓는 것은 화운룡에게만 하는 짓이다.

"그래."

"당신이 얼마나 사랑스러운 남자인지 옥봉이 모른다는 사실이 너무 안타까워."

화운룡은 조만간 운설이 옥봉에 대해서 알게 될 것이기에 일부러 설명하지 않았다.

운설이 화운룡 앞으로 한 걸음 바짝 다가섰다.

키가 늘씬하게 큰 그녀도 정수리가 화운룡의 턱 아래에 닿아서 고개를 들고 올려다봐야 했다.

화운룡은 그녀가 뭘 하려는지 짐작하고 명림과 혈영살수들이 있는 쪽으로 슬쩍 고갯짓을 했다.

"다들 보고 있다."

"보면 어때?"

"너 혈영객이잖아."

"무황성에서는 당신 마누라였어."

두 사람은 혼인을 한 적도 없지만 무황성 사람들이 다 인정한 부부였다.

두 사람은 다시 걸었다.

"은비도 당신이 아까 나한테 한 것처럼 안아주면 미래 기억을 되찾을 수 있어?"

"몇 살이지?"

"네 살이야."

"해봐야지."

두 사람이 나란히 걸어가자 명림과 혈영살수들이 일어나서 이쪽을 보며 기다리고 있다.

혈영살수들은 무덤덤한 얼굴이지만 명림은 뭔가 잔뜩 기대하는 표정으로 운설의 얼굴을 살폈다. 심심상인의 성공 여부를 알아내려는 것인데 운설의 표정으로는 실패한 것 같았다.

운설은 얼음처럼 차가운 얼굴로 명림을 힐끗 보고는 혈영살수들에게 명령했다.

"가자."

그녀는 혈영살수들과 북쪽으로 걷기 시작하면서 화운룡과 명림을 한 번도 뒤돌아보지 않았다.

조금 전까지 화운룡에게 했던 말과 행동으로 봐서는 도저히 믿어지지 않는 행동이다.

이런 것이 바로 혈영객 설운설이다. 그녀가 화운룡에게 살갑게 구는 것은 단둘이 있을 때뿐이다. 무리와 함께라면 그녀는 항상 혈영객의 모습을 유지한다.

화운룡과 명림은 잠시 그들을 지켜보다가 말을 타고 십이룡신과 원종이 있는 곳으로 향했다.

뒤에 앉은 명림이 조심스럽게 말문을 열었다.

"설아에게 결국 심심상인을 해주지 않았군요?"

"해줬어."

명림은 깜짝 놀랐다.

"실패했나요?"

화운룡은 덤덤하게 대답했다.

"성공했어."

"네?"

명림은 화운룡의 말이 무슨 뜻인지 알아듣지 못했다. 조금 전 운설의 행동을 보면 심심상인이 성공했다고는 볼 수 없었기 때문이다.

명림은 고개를 들어 올려 그를 보면서 다시 물었다.

"심심상인이 성공했다는 건가요?"

"그래."

"그런데 설아가 왜 그런 거죠? 절 보고 알은척도 하지 않고 쌀쌀맞은 게 평소의 모습이었어요."

화운룡은 빙그레 웃었다.

"그게 설아잖아."

명림은 멍한 표정을 짓고 있다가 미래에 운설이 어땠었는지를 기억해 내고는 갑자기 그녀가 간 방향을 향해 고래고래 고함을 질렀다.

"야아! 설아! 이 계집애야! 너 언니한테 이런 식으로 나오면 국물도 없는 줄 알아!"

걸어가던 운설은 뒤쪽 멀리에서 들려오는 명림의 외침에 빙그레 미소를 지었다.

무결이 그녀가 미소 짓는 모습을 보더니 의아한 얼굴로 조심스레 물었다.

"저게 무슨 말입니까?"

"반갑다는 인사야."

"네에……."

무결은 무슨 말인지 알아듣지 못했지만 더 묻지 않았다.

지금 운설은 천하를 다 가진 것만 같았다. 화운룡이 그녀의 천하이기 때문이다.

그녀는 속으로 조용히 중얼거렸다.

'다시 만나서 반가워, 명림 언니.'

화운룡은 남하하고 있는 장하문과 백청명 일행을 만나서 그날 밤 노숙을 하게 되었다.

넓은 초원에 여러 군데 모닥불이 피워지고 그중 가장 큰 모닥불 주위에 화운룡과 그의 측근들, 그리고 백청명과 부인,

아들 백정견이 둘러앉아 있었다.

아까 화운룡이 백청명과 조우했을 때 한바탕 인사와 감사의 말들이 오고 갔었다.

이제 백청명은 화운룡에게 해야 하는 몹시 하기 힘든 말 하나를 남겨두고 있었다.

그것에 대해서 이미 장하문, 딸 백진정과 충분히 대화를 나누었지만 최종적으로 결정을 내리는 사람은 화운룡이라서 자못 긴장할 수밖에 없었다.

당한지와 도도가 아까 마을을 지날 때 구입한 고기를 모닥불에 굽고 음식을 데워서 화운룡과 백청명 앞에 내려놓고 술을 따랐다.

화운룡은 술 한 잔을 비우고 백청명을 보며 부드러운 미소를 지었다.

"백 궁주, 재기하실 동안 본 문에 머무시는 것이 어떻소?"

"자네……."

백청명은 가슴이 먹먹해져서 말을 잇지 못했다.

사실 그는 제남의 은한천궁이 멸문했기 때문에 갈 곳 없는 떠돌이 신세가 돼버렸다.

그와 가족만 있으면 어디로든 홀홀 떠나겠지만 생존자가 백이십여 명이나 되기 때문에 그 많은 인원을 받아줄 곳이 마땅하지가 않다.

더구나 통천방은 춘추구패의 하나로서 강소성의 절대자이며 산동성의 제남까지 진출해서 은한천궁을 멸문시켰는데 산동성이든 강소성이든 어느 누가 백청명을 받아주겠는가.

받아주는 그 즉시 그것이 방파가 됐든 문파가 됐든 통천방의 복수가 뒤따를 것이라는 사실을 각오해야만 할 것이기에, 다들 백청명을 모른 체하기에만 급급할 터이다.

이런 것을 두고 환란중견진정(患亂中見眞情), 어려운 일을 당하고 나서야 진정한 친구가 누구인지 알 수 있다는 것이다.

그러므로 백청명에겐 오로지 화운룡 한 사람만이 진정한 친구인 것이다.

비록 백청명이 화운룡하고는 간담상조하던 사이가 아니며 화운룡은 사위처럼 여기는 장하문의 주군이라는 어려운 사람인데도, 그는 따스한 손을 내미는 것을 주저하지 않았다.

사실 백청명은 처음부터 비룡은월문을 목적지로 삼아서 가족과 생존자들을 이끌고 남하한 것이다.

그것은 주인인 화운룡의 의사를 묻지도 않고 백청명 혼자서 결정한 것이다.

그래서 백청명은 지금 이런 자리를 빌어서 화운룡에게 자신들의 거취를 말하려고 했었다.

만약 화운룡이 거절한다면 백청명은 수하들을 뿔뿔이 흩어지게 하고 가족만 데리고서 어디론가 깊은 곳으로 숨어들어 은거를 해야만 했을 것이다.

그런데 백청명이 그 어려운 말을 꺼내기도 전에 화운룡이 먼저 비룡은월문에 머무는 것이 어떠냐고 다정하게 물어주니, 백청명으로서는 불감청(不敢請)이언정 고소원(固所願)이라 그저 고마울 따름이다.

백청명은 술잔을 내려놓고 고개를 돌리더니 말없이 손으로 눈을 문질렀다.

갑자기 눈물이 났기 때문이다. 화운룡의 따스한 온정이 백 전노장 눈에서 눈물이 나게 만들었다.

옆에 앉은 백진정과 그녀의 오빠 백정건도 조용히 눈물을 닦았으며 용신들 중에서 여자들도 가슴이 훈훈해져 울지 않은 척하면서 눈물을 닦았다.

화운룡 좌우에 앉은 보진과 명림 역시 눈을 적시며 화운룡을 존경의 표정으로 바라보았다.

여기·모닥불 옆에 어느 누구도 흉내 내지 못하는 한 명의 젊은 영웅이 앉아 있었다. 하는 행동마다, 내딛는 걸음마다 사람을 감화시키고 감동과 기쁨을 준다면 그가 바로 영웅에 다름 아닐 터이다.

그때 백청명이 갑자기 벌떡 일어나더니 화운룡에게 깊이 허리를 굽혔다.

"고맙소, 화 문주. 불초 백 모는 화 문주의 은혜를 대대손손

잊지 않도록 하겠소."

조금 전까지만 해도 화운룡에게 '자네'라고 했던 그는 비로소 그를 일문의 문주이며 은인으로서 대했다.

화운룡은 벌떡 일어나 백청명의 허리를 펴게 했다.

"이러지 마시오, 백 궁주."

그는 백청명을 앉게 하고는 진지하게 물었다.

"백 궁주께서 어떤 복안을 갖고 계시든지 불초는 물심양면 도와드리겠소."

백청명은 고개를 설레설레 가로저었다.

"이제 나는 아무런 소원도 바람도 없소이다. 화 문주께서 내 아들과 본 궁의 문파 고수들을 비룡은월문 사람으로 받아준다면 더 바랄 게 없소."

"그거야 이를 말이겠소?"

백청명이 문주로서 예우를 다하자 화운룡은 어느덧 자신도 모르는 사이에 십절무황 시절 팔십사 세 노인의 언행을 하기 시작했다.

"내 생각은 조금 다른데 한 번 들어보시려오?"

"무슨 말인지……."

백청명은 귀때기 새파란 이십 세 화운룡이 갑자기 노인네처럼 말하자 조금 의아한 표정을 지었다.

"은한천궁이 이대로 산화하여 무림에서 사라진다는 것은

너무 안타까운 일이 아닐 수 없소. 그러니 본 문에서 힘을 길렀다가 물실호기(勿失好機) 좋은 시기를 택해서 은한천궁을 재개파하는 것이 어떠하오?"

"재개파라고 했소?"

"그렇소. 굳이 제남이 아니면 어떻소? 태주현 인근이든지 어디라도 백 궁주가 장소를 정하면 거기에 드는 모든 비용은 불초가 대겠소이다."

"그런……."

백청명은 조금 전보다 더 깊은 감동을 받고는 가슴과 목이 콱 막혀 버렸다.

백청명 쪽에 앉은 그의 부인과 백진정과 백정견 등 가족들은 또다시 고마움의 눈물을 흘렸다.

장하문은 주군에 대한 고마움으로 가슴이 터질 것 같아서 다시 한번 그에 대한 충성심을 가슴속에 쌓았다.

"그렇게 해서라도 은한천궁의 맥이 끊어지지 않으면 좋겠소이다. 백 궁주 의견은 어떻소?"

백청명은 고개를 숙인 채 아무 말도 하지 않았다. 다들 그가 감격하여 뜨거운 눈물을 흘리고 있다는 사실을 알았지만 모른 체했다.

잠시 후에 백청명은 고개를 들고 젖어서 붉어진 눈으로 화운룡을 보며 진심 어린 표정으로 말했다.

"화 문주의 마음은 고맙지만 나는 이미 마음을 정했소. 못나서 은한천궁을 멸문시킨 내가 어찌 또다시 문파를 일으킨다는 말이오? 천부당만부당하오."

그는 두 손을 뻗어 화운룡의 손을 잡았다.

"그저 우리를 비룡은월문의 새로운 식구로 받아주시오. 신명을 다해서 충성하겠소."

"백 궁주."

"나는 이제 지쳤소. 그러니 이제는 화 문주 그늘 아래에서 편하게 쉬고 싶소이다."

화운룡은 백청명의 손을 쓰다듬었다.

"내 채근하지 않을 테니 잘 생각해 보시오. 아직 시간은 많이 있소이다."

백청명의 심중에 어찌 은한천궁을 다시 일으키고 싶은 간절한 마음이 없겠는가.

그러나 은한천궁이 멸문한 지 채 닷새도 지나지 않은 시점에서 또다시 은한천궁 재개파 운운하는 것이 가슴에 대못을 박는 것 같은 심정이라는 것은 그 자신만 알 터이다.

第八章
열한 명의 꽃다운 제자들

　비룡은월문에 돌아온 화운룡은 백청명을 비롯한 은한천궁 사람들에게 전각 다섯 채를 내주었다.

　그러고는 그들이 머무는 전각 일대를 '은한궁(銀漢宮)'이라고 이름 지었다.

　비룡은월문 성안의 백오십여 채에 달하는 전각들은 한데 모여 있거나 여기저기 흩어져 있지 않았다. 적게는 전각 서너 채, 많게는 대여섯 채가 모여서 하나의 독립된 공간을 구성하고 있으며, 다시 그것들이 모여서 거대한 성을 이루고 있는 형상이다.

예를 들면 비룡은월문의 태상문주인 화명승 부부와 화성덕 부부의 거처인 통칭 운영각은 하나의 울타리 안에 네 채의 전각과 누각이 모여 있다.

제일검대인 비룡검대 역시 울타리 안에 숙소와 주방, 식당, 연무장, 휴게실 등의 기능을 갖춘 여섯 채의 전각이 있고, 해룡검대도 여섯 채의 전각으로 이루어져 있다.

화운룡은 백청명의 은한천궁 생존자들을 모아서 제팔검대를 만들어 명칭을 은한검대(銀漢劍隊)라고 했다.

그들은 자신들이 원래 배운 은한천궁의 무공 외에 비룡은월문의 성명검법인 비룡운검과 초일도, 회천탄을 별도로 배울 수 있게 해주었다.

숭무문을 비롯한 다섯 개 방파와 문파에서 데리고 온 오십 명은 각 방파와 문파를 대표하는 사람들이다.

화운룡은 그들 다섯 방파와 문파를 그들 지역에 계속해서 존속시키되 비룡은월문의 분타로 삼았으며 그들은 그 제의를 기꺼이 받아들였다.

숭무문 등 방파와 문파들은 원래 기능을 하면서 비룡은월문의 분타 역할을 병행하게 될 것이다.

그 대가로 비룡은월문은 각 방파와 문파에 일률적으로 매월 은자 만 냥의 지원금을 지불하게 된다.

숭무문 등을 분타로 삼은 이유는 비룡은월문이 세력을 넓히려는 것이 아니라 천외신계를 비롯한 외부 세력이 태주현을 중심으로 백여 리 안에 잠입, 침범하는 것을 경계하려는 의도다.

비룡은월문 용황락 내에서는 화운룡과 옥봉의 혼인 준비가 조용하고 은밀하게 착착 진행되고 있었다.

은한천궁의 생존자들을 구하러 다녀온 일 때문에 혼인식이 사흘 늦어졌지만 내일은 무슨 일이 있어도 화운룡과 옥봉을 혼인시켜야 한다면서 주천곤과 사유란이 혼인 준비를 서둘러 진두지휘하고 있는 중이다.

두 사람의 혼인은 화운룡과 옥봉 가족, 그리고 용황락 내에서도 몇몇 사람들만 아는 일이다.

화운룡은 비룡은월문에 돌아오자마자 반나절 이상 바쁘게 일 처리를 하고 나서야 겨우 한가한 틈이 생겼다.

화운룡은 원종을 데리고 그의 가족이 생활하고 있는 전각으로 향하고 있으며 명림이 그를 수행했다.

예전 해남비룡문 시절에 북경으로 떠났던 원종은 이곳 비룡은월문 성채가 처음이라 모든 것들이 신기해 연신 두리번거리면서 화운룡을 뒤따랐다.

경험이 풍부한 그가 보기에도 비룡은월문의 성채는 굉장한 규모인 것 같아서 적잖이 압도당했다.

그렇지만 그는 자신이 걸어가고 있는 주변에 삼라만상대진이라는 천고의 절진(絕陣)이 펼쳐져 있다는 사실은 추호도 알아보지 못했다.

"너에게 지위를 주고 싶은데 어떤 것을 원하느냐?"

화운룡의 말에 뒤따르던 원종은 급히 그의 옆으로 다가와 나란히 걸으며 공손히 말했다.

"소인은 주인님의 종이면 만족합니다. 지위 같은 것은 필요하지 않습니다."

"그러냐?"

화운룡은 고개를 끄떡였다.

"네가 기특하니 녹봉을 올려주겠다. 이번 달부터 은자 천 냥을 주마."

"주인님……."

원종으로서는 금시초문이다. 그가 한 번도 받아본 적이 없는 녹봉을 올려주겠다니, 이럴 땐 뭐라고 해야 좋을지 몰라서 눈만 멀뚱거릴 뿐이다.

"녹봉은 너한테 주지 않겠다."

더구나 받아본 적이 없는 녹봉을 원종에게 주지도 않겠다니 화운룡이 도대체 무슨 말을 하고 있는 것인지 도무지 종잡을 수가 없다.

원종은 뭔가 말을 할 듯 말 듯하다가 결국 입을 다물었다.

높으신 주인님의 뜻이니 무엇이든 감수하겠다는 뜻이다.

반대편에서 화운룡과 나란히 걷고 있는 호법신 명림은 화운룡의 말뜻을 알아듣고 미소를 지었다.

용황락 끝자락 인공 연못가에는 정말 한 폭의 풍경화 같은 전경이 펼쳐져 있으며, 그곳엔 주위 풍경과 아주 잘 어울리는 한 채의 삼 층 전각이 고즈넉이 자리를 잡고 있다.

무릉도원 같은 풍경을 구경하느라 두리번거리던 원종은 전각 앞에 이르러 현판을 보다가 움찔 놀랐다.

전각 일 층 입구 현판에 '원종각(元宗閣)'이라는 글자가 날아갈 듯한 필체로 적혀 있었기 때문이다.

원래 비어 있는 이 전각에는 달리 이름이 있었지만 원종의 가족이 오고 나서 화운룡이 이름을 원종각으로 바꾸라고 지시했다.

"여기가 너의 거처다."

삼 층의 거대한 규모를 보고는 원종은 기가 질렸다. 더구나 일개 종복인 자신의 거처를 화운룡이 몸소 데려다주고 또 안내를 해준다는 사실이 그저 감지덕지했다.

"주인님, 저는 이런 큰 전각이 필요하지 않습니다. 그저 주인님 곁에서……."

"들어가자."

화운룡은 그의 말을 자르고 성큼 안으로 들어섰다.

명림이 원종에게 미소 지으며 안을 가리켰다.

"먼저 들어가세요."

원종은 명림을 한 번 보고는 급히 화운룡의 뒤를 따랐다.

그는 이틀 전에 강소성 중부 지역에서 화운룡과 만났을 때, 그 옆에 항상 그림자처럼 따라다니는 명림을 보고는 어디선가 본 듯한 얼굴이라는 생각에 고개를 갸웃거렸다.

그렇지만 그가 생각하는 사람하고 명림의 모습이나 행동거지 등이 달라도 너무 많이 달랐기 때문에 자신이 잘못 봤을 것이라는 결론을 내렸다.

그는 명림이 아미파의 장로인 혜오신니 같다는 생각이 들었으나 여러모로 봤을 때 자신이 틀렸다는 결론을 내렸다.

예고도 없이 방문한 화운룡을 발견한 하녀들이 당황해서 급히 다가와 허리를 굽혔다.

화운룡이 원종을 소개했다.

"이 사람이 이곳의 주인 원종이다."

그의 말에 하녀들이 원종에게 공손히 예를 취했다.

화운룡은 하녀들에게 일을 보라고 하고 계단을 올라갔다.

이 층에 올라간 화운룡이 산책 나온 듯이 뒷짐을 지고 걷는데 앞쪽에서 원동오의 두 아이가 잡기놀이를 하는지 깔깔거리며 웃으면서 달려오고 있었다.

그러다가 지난번에 화운룡에게 안긴 적이 있는 네 살짜리 사내아이가 화운룡을 발견하고는 반갑게 달려왔다.

화운룡은 사내아이를 번쩍 안고는 턱으로 여섯 살짜리 여자아이를 가리켰다.

"그 아이는 네가 안아라."

"아, 네에……."

원종은 영문도 모른 채 눈이 새카맣고 귀여운 여자아이를 어정쩡하게 안고 화운룡의 뒤를 따랐다.

그는 이 아이들이 자신의 손주들일 줄은 꿈에도 몰랐다.

그때 복도 중간의 어느 방에서 나온 원동오의 아내 심정이 두리번거리면서 아이들을 찾았다.

"애들아! 할머니께서 부르신다!"

그러다가 걸어오고 있는 화운룡을 발견한 심정은 소스라치게 놀라 급히 다가와 허리를 굽혔다.

"문주 오셨습니까……?"

"하하! 손님을 데려왔네."

그동안 고생이 극심했던 탓에 조그만 체구의 이십육 세인 심정은 얼굴이 새카맣게 그을고 깡말랐지만 꽤 귀여운 용모를 갖고 있었다.

화운룡의 말에 무심코 원종을 보던 심정은 직감적으로 그가 누군지 알아차리고 그 자리에 굳어버렸다.

"아아……."

그녀는 한 번도 시아버지인 원종을 본 적이 없지만 화운룡이 갑자기 불쑥 낯선 남자를 데리고 왔다는 것, 그리고 시어머니가 이따금 설명해 준 시아버지의 모습을 원종의 얼굴에서 찾을 수가 있었다.

원종은 심정이 어째서 자신을 보고는 귀신을 본 것처럼 놀라는지 추호도 짐작하지 못했다.

화운룡은 한 팔로 아이를 안고 다른 팔로는 심정을 어깨동무하고는 다시 걸었다.

그가 방금 심정이 나온 방으로 들어서자 저만치 창가의 탁자에 초홍과 원동오가 마주 앉아서 창밖의 호수를 굽어보며 차를 마시고 있었다.

초홍과 원동오 모자가 오붓한 한때를 보내면서 미소를 지으며 대화를 나누는 모습이 몹시 행복해 보였다.

두 사람은 창밖을 보면서 대화를 하느라 화운룡과 원종이 왔다는 사실을 전혀 모르고 있었다.

두 사람은 화운룡이 크나큰 은혜를 베풀었으니 그에게 충성을 다해야 한다는 내용의 대화를 나누고 있었다.

"……!"

원종은 두 사람을 보는 순간 그들이 누구인지 즉시 알아보고 벼락을 맞은 듯 화드득 놀라더니 온몸이 굳어버렸다.

초홍의 모습은 예전 그대로다. 그녀는 이십칠팔 년의 세월이 흐른 데다 모진 고생을 많이 한 탓에 얼굴이 크게 상했으나 원종의 눈에는 십팔 세 그 시절 그녀를 처음 봤을 때의 모습 그대로였다.

그리고 그녀와 함께 미소 지으면서 대화를 나누는 젊은 남자는 젊었을 때 원종의 모습을 그대로 빼닮았으니 원종이 알아보지 못할 리가 없다.

원종은 눈을 찢어질 듯이 부릅뜨고 몸을 사시나무처럼 와들와들 떨면서 두 사람에게서 시선을 떼지 못했다.

이 순간의 그는 아무 생각도 들지 않았다. 초홍과 아들 원동오가 왜 저기에 있으며, 자신이 어째서 이 자리에서 서 있는지조차도 알지 못할 정도로 머리가 텅 비었다.

그는 이제껏 살아오면서 이처럼 강렬한 충격은 처음이다. 그러고는 자신도 모르게 눈물이 철철 흘러내렸다.

그때 심정이 떨리는 목소리로 두 사람을 불렀다.

"여보… 어머니……."

심정의 느닷없는 행동에 원종이 움찔 놀랄 때 초홍과 원동오가 이쪽으로 고개를 돌렸다.

원종은 심장에 화살이 꽂힌 것처럼 움찔하며 그 자리에서 한 걸음 뒤로 주춤 물러났다.

그리고 초홍과 원동오는 처음에 화운룡을 발견하고는 깜짝 놀라서 찻잔을 내려놓고 일어나 급히 다가왔다.

그러다가 화운룡 옆에 아이를 안고 서 있는 원종을 뒤늦게 발견하고 초홍이 멈칫했다.

원종과 초홍의 시선이 허공에서 부딪쳐서 얽혔다.

"아……."

깡마르고 늙은 모습인 초홍의 입에서 단말마적인 탄성이 흘러나오며 원종의 얼굴에서 시선을 떼지 못했다.

두 사람의 시선 속에 온갖 무언의 말과 교감이 오고 갔다.

갑자기 원종은 황급히 여자아이를 내려놓더니 부랴부랴 밖으로 도망치듯이 달려 나갔다.

화운룡이 짧게 그를 불렀다.

"원종! 돌아와라!"

'원종'이라는 부름에 원동오는 소스라치게 놀랐다. 그는 방금 눈앞에 서 있던 사람이 자신의 아버지라는 사실을 그제야 깨달았다.

"아버지!"

순간 원동오는 울부짖으면서 밖으로 구르듯이 달려 나갔다.

잠시 후에 원동오가 고개를 푹 숙인 원종의 팔을 잡고 안으로 이끌고 들어왔다.

화운룡이 원종에게 전음을 보냈다.

[초홍의 말로는 동오와 며느리는 옛날 일을 전혀 모른다고

하더군.]

원종은 움찔 놀라서 화운룡을 쳐다보았다.

화운룡은 말없이 고개를 끄떡여 주었다.

그 옛날 원종이 아홉 살이나 어린 아내에게 부모님과 아들을 맡겨놓은 채 오랜 세월 동안 가출을 했었던 사실을 초홍은 언제나 원종의 편에 서서 아들과 며느리에게 좋게 말해주었다.

초홍은 다가와서 떨리는 손으로 원종의 손을 잡았지만 아무 말도 하지 못하고 눈물만 뚝뚝 흘렸다.

하지만 원종은 그녀의 눈물이 무엇을 의미하는지 굳이 말하지 않아도 알 수 있을 것 같았다.

원종은 키가 자신의 어깨에도 차지 않고 늙은 노파처럼 쪼그라든 초홍을 보면서 죄책감과 미안함으로 그저 굵은 눈물만 흘릴 뿐이다.

화운룡이 껄껄 웃었다.

"원종, 고생한 아내를 안아줘야 하지 않겠나?"

자신을 하늘이 용서하지 않을 죄인이라고 생각하는 원종은 초홍을 안을 엄두를 내지 못했다. 자신의 더러운 손으로 안는 것이 그녀를 모욕하는 것만 같았다.

그때 초홍이 살며시 원종의 품에 안겼다.

원종은 움찔 놀라서 우두커니 서 있었으나 잠시 후 초홍을 가만히 안아주었다.

화운룡은 빙그레 미소 짓다가 방을 나와 복도를 걸어가면서 나직하게 웃었다.

"원종, 녹봉이 두 배로 올랐다는 말을 부인에게 잊지 말고 해주게."

원종은 그제야 녹봉에 대한 수수께끼가 풀렸다.

원종각을 나와서 마당을 나란히 걸어가다가 명림이 궁금한 듯 물었다.

"저 원종이라는 사람이 가족에게 무슨 죄를 지었나요?"

"가족을 돌보지 않은 죄야."

명림은 입술을 삐죽였다.

"도대체 얼마나 오랫동안 가족을 돌보지 않았으면 아들이 아버지를 알아보지 못할까요? 저런 사람은 하늘이 용서하지 않을 거예요."

"하늘의 용서 같은 것은 필요 없다. 아내가 남편을 용서하면 그것으로 끝이지."

명림은 까만 눈을 깜빡이다가 고개를 끄떡였다.

"당신 말씀이 옳아요."

그녀는 화운룡의 팔을 잡고 걸으면서 짤랑짤랑한 목소리로 노래하듯이 말했다.

"저는 부처님 말씀보다는 당신에게서 더 많은 것들을 배우는 것 같아요."

화운룡은 명림의 열한 명의 제자들 즉, 호법대에게 운룡재 이 층을 거처로 내주었다.

호법대의 임무는 화운룡과 가족을 최측근에서 호위하는 것이기에 바로 아래층을 거처로 준 것이다.

운룡재 이 층은 하나의 독립된 공간으로 연공실과 휴게실, 거실, 욕실을 비롯해서 이십 개의 침실이 있기 때문에 호법대가 사용하는 데 부족함이 없다.

명림은 호법신인 자신이 화운룡을 그림자처럼 호위해야 한다면서 제자들과 같이 있지 않고 삼 층에 거처를 달라고 졸라 결국 허락을 받았다.

화운룡은 운룡재 이 층의 공동연공실에서 명림과 호법대 전원에게 비룡은월문의 성명절학 중 비룡운검을 처음으로 직접 가르쳤다.

화운룡이 십절무황이었을 때 그의 도움으로 명림은 아미파의 실전된 검법을 복원해서 연마한 적이 있었다.

그러나 현재는 파계하여 스스로 아미파를 떠난 몸이기 때문에 명림을 비롯한 열두 명의 호법대는 아미파 무공을 사용해서는 안 되었다.

＊　　　＊　　　＊

화운룡은 두 시진 동안 명림과 호법대에게 비룡운검을 가르쳤으며, 원래 자질이 뛰어난 데다 평균 십오 년 동안 아미파의 성명무공을 연마했던 그녀들이라서 이해가 빨랐다.

"부지런히 연마해라. 용신들보다 뒤처지면 내쫓겠다."

화운룡이 짐짓 엄포를 놓자 평균 연령 십칠 세인 호법대 열한 명은 두려운 표정을 지었다.

호법대가 비룡운검을 연마하는 것을 잠시 지켜보다가 밖으로 나온 화운룡을 명림이 냉큼 따라나섰다.

"운검, 부탁이 있어요."

명림이 화운룡의 팔을 잡았다.

"저 아이들 생사현관을 타통시켜 주세요."

"명림 너……."

화운룡은 걸음을 멈추고 짐짓 명림을 무섭게 쏘아보았다. 호법대 열한 명의 생사현관을 타통해 달라니 생각만 해도 아찔한 일이다.

하지만 화운룡을 누구보다도 잘 알고 있는 명림은 그런 것에 기죽지 않았다.

"저하고 일체신공하면 한 아이 하는 데 일각도 걸리지 않을 거예요."

명림은 간곡하게 부탁했다.

"명색이 호법대인데 저 아이들이 용신에 비해서 절반에도 못 미치는 공력과 실력이라면 말이 되겠어요?"

하기야 그녀의 말이 틀린 것은 아니다. 호법대 열한 명의 평균 공력은 오십 년 수준이라서 용신들 평균 공력의 절반 수준인 것이다.

더구나 용신들은 비룡은월문의 성명절학인 비룡육절로 똘똘 무장을 하고 있는데 호법대는 이제 막 비룡운검의 걸음마를 시작했으므로 전력의 차이가 커도 너무 크다.

그래서는 호법대라는 이름값을 하지 못하고 고개를 들고 다니지 못할 터이다.

자신이 명림에게 설득당할 것이라고 예상하고 있던 화운룡이지만 정작 일이 그런 식으로 풀려가자 맥이 빠졌다.

"생사현관 타통시켜 주지 않으실 거면 저를 포함해서 호법대 모두를 일반 검대에 넣어주세요."

이렇게까지 나오면 협박이라고 해야 한다.

화운룡은 어깨를 으쓱했다.

"너한테는 정말 못 당하겠다."

명림은 배시시 웃었다.

"제 기억으로는 미래에서도 운검은 저를 이기신 적이 한 번도 없었어요."

화운룡과 명림은 천옥보갑을 입고 하나가 되었다.

"아앗!"

명림이 단전을 개방한 후에 뒤에 꼭 붙어 있는 화운룡의 공력이 갑자기 거세게 밀고 들어오자 그녀는 소스라치게 놀라 비명을 질렀다.

처음에도 그랬지만 명림은 거대한 공력이 밀고 들어와 단전에 가득 차자 자신도 모르게 낮은 비명을 질렀다.

"괜찮으냐?"

자신과 일체신공을 전개하는 여자가 어떤 상태가 되는지에 대해서는 전혀 모르는 화운룡이 조금 걱정스럽게 물었다.

"아아… 괜찮아요."

명림은 결합이 떨어질 것 같다는 괜한 노파심에 소매에서 뺀 두 팔을 뒤로 돌려 화운룡의 허리를 꼭 안았다.

화운룡이 호법대 열한 명 모두의 생사현관을 타통시켜 주는 데 꼬박 두 시진이 걸렸다.

그가 기진맥진 녹초가 되어 명림과의 일체신공을 풀고 연공실에서 나오려는데 그녀가 또 붙잡았다.

"운검, 잠깐만요."

"또 왜?"

"아이들이 인사하는 것은 받으셔야죠."

화운룡이 돌아보자 호법대 열한 명이 일렬로 무릎을 꿇고 바닥에 엎드려 부복하고 있다.

새삼스럽게 무슨 절인가 싶어서 화운룡이 손을 저으려는데 호법대 열한 명이 낭랑한 목소리로 합창을 했다.

"사부님께 인사드립니다!"

화운룡은 어이없는 표정을 지었다.

"무슨 소리냐?"

호법대의 수장이라고 할 수 있는 보현이 고개를 들고 공손하게 대답했다.

"저희에게 무공을 전수하시고 또다시 저희 모두의 생사현관을 타통시켜 주셨으므로 이 크나큰 은혜를 갚으려면 마땅히 사부님으로 받들어 모셔야 합니다!"

화운룡은 짚이는 바가 있어서 명림을 쳐다보았다.

"명림아."

그가 봤을 때 이것들이 사전에 뭔가 작당을 해도 크게 한 것이 분명했다.

그러나 명림은 담담하게 말했다.

"저는 아미파에 있을 때 저 아이들의 사부였지만 파계를 하여 아미파의 무공을 사용할 수도 없는 이 마당에 어찌 계속

해서 사부 노릇을 할 수 있겠어요? 그러니 저는 전(前) 사부가
되어야 마땅해요."

"음!"

듣고 보니까 명림의 말이 틀리지 않은 것 같아서 화운룡은
대꾸할 말이 없었다.

그는 생사현관 타통에 이어서 또다시 명림의 술수에 넘어
갔다는 생각이 들었다.

명림은 화운룡이 절대로 거절하지 못하도록 아예 대못을
박아버렸다.

"자고로 생명을 준 사람을 부모라 하고 무공을 주는 사람
을 사부라고 합니다. 운검께서 저 아이들에게 무공과 공력을
주셨으며 또 앞으로도 계속해서 절학을 전수하실 텐데도 저
아이들을 제자로 거두지 않으신다면 이것은 천륜을 거스르는
일입니다."

천륜까지 들먹이는 데야 화운룡으로서는 도저히 뿌리칠 방
법이 없다.

달리 생각하면 십사룡신들이나 명림을 비롯한 호법대의 열
한 명 모두 화운룡의 제자들이라고 할 수 있었다.

죽음의 위기에 처한 그녀들을 구해주고 또 거두었으며 무
공은 물론이거니와 생사현관을 타통하는 등 모든 것을 주고
있으니 이런 사부는 천하에 드물 것이다.

최측근의 호칭만 용신이니 호법대니 다르게 구분을 지었을 뿐이지 엄밀하게 따지자면 모두 화운룡의 제자들인데 호법대 열한 명을 제자로 거두라는 명림의 부탁을 받아들이지 못할 것도 없다.

잠시 침묵이 흐른 후에 화운룡은 고개를 끄떡였다.

"알았다. 너희들을 제자로 거두마."

호법대 열한 명은 소스라치게 놀라서 고개를 들고 그를 바라보더니 모두 일어나서 화운룡을 향해 아홉 번 절을 하는 사도지례(師徒之禮)를 올렸다.

보현을 비롯한 열한 명은 화운룡 앞에 일렬로 무릎을 꿇고 단정하게 앉아서 그의 말을 기다렸다.

화운룡은 이날까지 제자를 거둔 적이 한 번도 없었다. 하지만 이번 생에서는 그저 물이 흘러가는 대로 두루뭉술하게 살기로 했으니 꽃다운 어린 제자를 열한 명이나 거두는 것도 나쁘지 않을 터이다.

방금 사도지례를 올린 어여쁜 제자들이 사부의 금과옥조 같은 말씀을 기다리고 있으므로 그로서는 사부다운 말을 한마디 해주는 것이 좋을 터이다.

잠시 생각하던 그는 점잖게 말했다.

"모두 밥 먹으러 가라."

화운룡은 명림을 자신의 개인연공실로 데리고 들어갔다.

"너 이 녀석 볼기 맞아야겠다."

호법대, 아니, 이제 제자가 된 열한 명의 생사현관을 타통시키게 하고 또 제자로 삼도록 한 것이 다 명림의 머리에서 나온 계략이니 이대로 넘어갈 수는 없었다.

만약 명림이 그런 계교를 생각해 내지 않았다면 화운룡이 난데없이 열한 명의 제자들을 거두는 일은 없었을 것이다.

명림은 앉아 있는 화운룡 앞으로 차분하게 다가와 섰다.

"각오하고 있어요."

그녀는 살포시 그의 무릎에 엎드렸다.

그녀가 이렇게 나오자 화운룡으로서는 그녀를 때리는 것이 멋쩍어졌다.

"됐다. 일어나라."

명림은 일어나서 그의 앞에 두 손을 모으고 섰다.

"궁금한 게 있어요."

"뭐냐?"

그녀는 정말 궁금한 표정을 지었다.

"왜 저를 어린 막내 여동생처럼 대하시죠? 저는 운검보다 열여섯 살이나 많아요. 더구나 운검은 미래에 저한테 이러지 않았잖아요."

화운룡은 대수롭지 않게 대답했다.

"그야 막내 여동생 같으니까."

미래에 명림은 화운룡의 최측근이기는 했지만 나이가 그보다 열여섯 살이나 많기 때문에 염교교와 같이 그의 누나 같은 존재였지 지금처럼 코흘리개 막내 여동생 같은 대접을 받지는 않았었다.

"혹시… 당신은 팔십사 세까지 살다가 과거로 회귀했기 때문에 저를 그렇게 여기는 건가요?"

"어… 그런가?"

"그럴 거예요. 미래에는 우리가 같이 나이를 먹어 늙어갔지만 지금은 당신만 늙어봤고 저는 아니니까요. 저의 늙음은 그저 기억에만 남아 있는 거죠."

화운룡은 고개를 끄떡였다.

"솔직하게 말하면 나는 명림 네가 손녀 같다."

그것은 화운룡의 솔직한 느낌이다.

명림은 눈을 빛냈다.

"그럼 공주님은요?"

화운룡이 삼십육 세인 명림을 손녀처럼 여긴다면 옥봉은 태중의 아기 같지 않을 텐가 하는 것이 그녀의 생각이다.

화운룡은 빙그레 미소 지었다.

"봉애는 나의 유일한 여자지."

명림은 신기하다는 표정을 지었다.

"어째서 우리보다 훨씬 어린 공주님만을 여자로 여길 수가 있는지 정말 신기해요."

화운룡은 옥봉을 생각하는 것만으로도 행복한 듯 부드러운 미소를 지었다.

"옥봉은 나하고 부부로 오십 년 이상 같이 살았으니까."

그러면서 그는 옥봉이 네 살 때부터 화운룡의 꿈을 꾸고 같이 부부로 살았다는 얘기를 해주었다.

설명을 듣고 난 명림은 크게 감탄했다.

"아아… 당신과 공주님은 정말 부부나 다름이 없었군요. 하늘이 맺어준 천생배필이에요."

화운룡은 화제를 바꿨다.

"명림아."

"네, 할아버지."

그러면서 명림은 화운룡의 무릎에 그를 마주 보는 자세로 앉았다.

그가 자신을 손녀처럼 여긴다니까 아예 손녀처럼 행동했으며 화운룡도 그녀가 손녀 같아서 내버려 두었다.

"너 내가 전수하는 심법 배워보겠느냐?"

"그럴게요."

명림은 그게 무슨 심법인지 물어보지도 않고 대뜸 배우겠다고 대답했다.

"네가 배운 것은 아미파의 금정심법(金鼎心法)이지?"

아미파 장문인과 장로들이 배우는 것이 금정심법이다.

"네, 그런데 금정심법은 현재 저의 공력을 제대로 제어하지도 발휘하지도 못하고 있어요."

필경 그것은 작은 검실에 큰 검을 집어넣으려는 것이나 같을 테고 작은 그릇에 많은 양의 물을 담아서 넘치는 것과 비슷할 것이다.

그녀가 생사현관이 타통되기 전인 팔십 년 공력이었을 때는 금정심법으로 충분히 감당할 수 있었겠지만, 이제 이백 년이라는 엄청난 공력을 갖게 되었으니 금정심법으로 다스릴 수가 없는 것이다.

"좋은 심법은 공력을 다스려서 신공으로 전환시켜 많은 수법들을 가능하게 한다."

금정심법은 단지 심법일 뿐이지 신공으로 전환되지 않는다는 얘기다.

그래서 신공을 익히려면 아미파의 최고절학을 배워야만 하는데 파계한 명림으로서는 불가능한 일이다.

"예를 들면 어떤 거죠?"

명림은 그의 양어깨에 자연스럽게 손을 얹었다.

"공력 이백 년이면 신공을 이용하여 검강(劍罡)을 전개할 수 있다."

"아아… 정말인가요? 저는 검기도 전개할 줄 몰라요."

공력이 팔십 년 수준이면 검기의 흉내 정도는 낼 수 있지만 그것조차 전개하지 못했다면 금정심법이 수양을 기본으로 하는 심법이기 때문일 것이다.

"그리고 이기어검술(以氣馭劍術)과 호신강기, 장강(掌罡), 지강(指罡), 어풍비행(馭風飛行)을 전개할 수도 있다."

"아아……."

방금 화운룡이 열거한 무공들은 하나같이 무학의 최고봉들이다.

명림은 평소에 자신이 죽을 때까지 그것들 중에서 한 가지도 전개하지 못할 것이라고 생각했었다. 그러니 화운룡의 말을 듣고 심장이 마구 뛰었다.

명림은 한시바삐 그것들을 전개해 보고 싶어서 몸을 흔들면서 안달을 부렸다.

"어서 새로운 심법을 가르쳐 주세요. 네?"

화운룡은 빙그레 웃었다.

"보채지 마라. 내가 가르치는 심법을 배운다고 해도 이삼 년 후에나 신공으로 전환이 가능해져서 그것들을 전개할 수 있을 것이다."

명림은 크게 실망하는 표정을 지었다.

"새로 배우는 심법으로 제 공력을 제대로 운용하려면 그렇게나 오래 걸리는 거예요?"

"그렇다."

문득 명림은 화운룡의 눈동자가 가볍게 흔들리는 것을 발견하고, 그가 무언가를 감추고 있다는 생각에 먹이를 발견한 맹수 같은 표정을 지었다.

"달리 방법이 있는 거죠? 이삼 년이 아니라 빠른 시일에 신공을 완성하는 방법 말이에요."

"으응… 뭐가?"

화운룡의 눈동자가 더 흔들렸다.

순진하기 짝이 없는 그가 당황하는 것을 놓칠 명림이 아니다. 그녀는 그에게 바짝 다가가 밀착하며 얼굴이 붙을 정도로 맞댔다.

"무슨 방법인지 빨리 말씀해 주세요, 할아버지."

"이… 인석이……."

거짓말을 못하는 화운룡은 당황해서 명림을 떼어내려고 했지만 이백 년 공력의 그녀를 당해낼 수는 없다. 그래서 달래는 방법으로 바꿨다.

"명림아."

그는 명림을 끌어안아 가볍게 두드리면서 차분하게 말했다.

"말씀하세요."

"이제부터 너와 나는 죽을 때까지 같이 살 텐데 뭐가 그리급하다는 말이냐?"

명림은 고개를 끄떡였다.

"맞아요. 하지만 그전에 당신이 죽어버리기라도 하면 어떻게 하죠?"

화운룡은 어이없는 표정을 지었다.

"내가 왜 죽느냐?"

명림은 맑은 목소리로 설명했다.

"당신은 사신천제에다 비룡은월문의 문주이며 저를 비롯한 많은 사람들이 당신이라는 커다란 거목의 그늘 아래에서 편안하고 행복하게 살고 있어요."

화운룡은 말없이 고개를 끄떡이면서 이번 두 번째 생도 첫 번째 십절무황 때와 비슷하게 닮아가는 부분이 있다는 사실을 깨달았다.

거의 모든 점들은 십절무황 시절하고 다를지 몰라도 그의 주변에 사람들이 많이 모인다는 점이 같았다.

물론 지금보다는 십절무황 때가 사람이 훨씬 많이 모였다. 지금과 비교하면 열 배, 아니, 백 배는 더 많을 것이다.

그러나 그것은 천하제일인 십절무황이라는 엄청난 신분 아래 사람들이 모여든 것이라서 지금 생하고 비교하는 것은 무리가 따른다.

지금 그의 주위에는 가족 같은 사람들만 모였다. 하나같이 소중한 사람들이다.

"천외신계를 비롯하여 많은 세력이 당신을 노리고 있다는 사실을 인정하시죠?"

"음, 그렇지."

"그런데 당신 공력은 겨우 오십 년이에요. 그래서 호법신인 제가 그림자처럼 당신을 지켜야 하는데 지금보다 훨씬 고강해 진다면 당신은 절대로 죽지 않을 거예요."

"흐음."

명림의 말은 언제나 옳다.

명림은 입술을 바싹 대고 화운룡의 입술에 살짝 부딪쳤다.

"그러니까 제가 신공을 빨리 연공할 수 있도록 당신만의 방법을 사용하세요."

"그렇지만 그건······."

第九章
옥봉과 혼인하다

　명림은 화운룡의 입술 가까이에서 속삭였다.

　"미루다가 만시지탄(晩時之歎)의 우를 범하게 돼요."

　화운룡은 미간을 좁혔다.

　"명림아, 너는 아미파 장로였다는 사실을 잊기라도 한 것이
냐? 이러는 것은 아미파 장로가 아니라 일반 여자들이나 하
는 행동이다."

　명림이 그를 끌어안고 입맞춤하는 행동을 꾸짖는 것이다.

　"흐웅, 할아버지는 저와 제자들이 아미파에서 파계했다는
사실을 잊으셨나요?"

그녀는 화운룡을 꼭 안았다.

"게다가 이제야 고백을 하는데 저는 미래에 이미 마음속으로 파계를 했었어요."

"그랬느냐?"

"매일 당신과 같이 지내는데 어떻게 파계하지 않을 수 있었겠어요? 당신을 사랑하려면 불제자(佛弟子)로서는 불가능한 일이었거든요."

"음."

"설아가 틈만 나면 당신하고 노닥거리는 걸 보는 사이에 어느새 저도 변했는데 어떻게 불제자로 계속 있을 수 있었겠어요?"

"설아의 성품을 알고 있었느냐?"

"흥! 알다뿐인 줄 아세요? 당신이 설아의 술수에 휘말려서 같이 노는 걸 다 봤다고요."

화운룡은 어이없는 표정을 지었다.

"나는 절대 그런 적 없다."

"무슨 말씀이에요. 저는 당신과 설아가 꼭 안고서 입맞춤을 하는 걸 몇 번이나 봤다고요."

"그건 설아가 한 거다."

"독장불명(獨掌不鳴)이에요. 당신은 손뼉이 혼자 소리를 내는 것을 보셨어요?"

"그건……."

운설이 입맞춤을 할 때 뿌리치지 않고 가만히 있었던 것은 확실히 공범이라고 할 수 있다.

"게다가 그 여우 같은 설아가 안마해 준다는 명목으로 당신을 눕혀놓는데도 당신은 좋다고 콧노래를 흥얼거리더라고요."

화운룡은 궁지에 몰렸다. 그건 명림의 말이 맞다. 하지만 그는 운설에게 추호의 마음도 없었다.

"역시 너는 벌을 받아야겠다."

궁할 때는 볼기가 정답이다.

철썩! 철썩! 철썩!

"이놈아! 할아버지에게 못하는 말이 없구나!"

"아얏! 아얏! 사랑하는 것도 잘못인가요? 당신을 사랑한다고요!"

화운룡은 잘못을 인정하지 않는 명림에게 따끔한 벌을 내려주었다.

화운룡과 옥봉의 혼인식은 용황락 한복판의 아름다운 인공 호수에 위치한 옥봉루에서 치러졌다.

혼인식에는 화운룡과 옥봉의 가족, 최측근들만 참석했으며 하객들은 두 사람의 관계에 대해서 잘 알기 때문에 두 사람의 결합을 진심으로 축하해 주었다.

다들 기뻐했지만 누구보다도 기쁘고 행복한 사람은 주천곤

부부와 화운룡의 가족들이었다.

옥봉루 맨 꼭대기 오 층에 혼인식의 뒤풀이 연회가 거하게
벌어지고 있는 중이다.

연회에는 화운룡과 옥봉을 비롯하여 양쪽 가족과 십사룡
신, 백호뇌가 가족, 명림과 호법대, 원종, 백청명, 비룡검대주
감형언, 해룡검대주 조무철이 참석했다.

실내의 가운데는 넓게 비우고 다들 벽을 등지고 서너 명씩
짝을 이루어 술과 요리를 즐겼다.

화운룡의 부모와 가족은 처음에 옥봉을 한 번 보고는 이
후 계속 보지 못하다가, 오늘 다시 보게 되자 그녀의 절세적인
미모에 눈을 떼지 못하고 있다.

옥봉은 비록 어린 나이지만 지난바 미모가 필설이나 말로
는 도저히 표현할 방법이 없는 데다 목소리 또한 옥구슬이 구
르는 것 같았다.

더구나 한마디 말과 행동 하나에도 더없이 우아한 기품이
넘쳐흘러서 자리에 있는 모든 사람의 감탄을 자아내기에 부
족함이 없었다.

언제나 그랬던 것처럼 좌중의 모든 사람들 시선은 오로지
옥봉에게만 집중되어 있었다.

그러면서 화운룡과 옥봉이 과연 절세의 기남자와 절세미녀

로서 와룡봉추임이 분명하다고 입을 모아 칭송했다.

"그런데……."

연신 함박웃음을 짓고 있는 할아버지 화성덕이 화운룡과 옥봉을 보면서 입을 열었다.

"용아, 너는 어떻게 해서 공주를 알게 된 것이냐?"

사실 강소성 남쪽 지방의 화운룡이 북경 정현왕부 구중궁 궐 깊은 곳에서 살아온 옥봉과 어떻게 알게 되었으며 어떤 식 으로 사랑을 키웠는지 알고 있는 사람은 몇 명에 불과했으므 로 다들 그것을 궁금하게 여겼다.

모두의 시선이 집중되자 옥봉은 얼굴을 붉히면서 옆에 앉 은 화운룡 어깨에 뺨을 기대며 아무 말도 하지 못했다.

그렇지만 화성덕의 물음에 화운룡이 뭐라고 설명을 해줄 것 같은 기대감으로 다들 그를 주시하고 있다.

명림이 해결사로 나섰다.

"제가 설명하겠어요."

조용히 말한 명림은 일어나서 가족들과 함께 앉은 화운룡 에게 공손히 허리를 굽힌 후에 말을 이었다.

"두 분이 하늘이 맺어준 인연이라는 사실을 제 설명을 들으 시면 모두 아시게 될 거예요."

이어서 명림은 옥봉이 네 살 때부터 꾸었던 화운룡과의 꿈 에 대해서 자세히 설명을 하기 시작했다.

옥봉은 한 번 꿈을 꾸면 꿈속에서 화운룡과 몇 달씩 같이 지냈으며, 그렇게 수백 번 꿈을 꾸다 보니까 두 사람이 꿈속에서 같이 지낸 세월이 어언 오십여 년이라는 사실에 다들 놀라면서도 크게 감탄하며 고개를 끄떡였다.

명림은 화운룡에 대해서는 그 역시 옥봉과 똑같은 꿈을 꾸었다는 식으로 긴 설명을 마무리했다.

화운룡의 최측근 불과 몇 명만 제외하고는 그런 사실을 까맣게 몰랐던 사람들은 명림의 설명을 듣고 나서는 놀라움과 감탄을 금하지 못했다.

그때부터는 아무도 더 이상 옥봉을 소녀로 보지 못했다.

십오룡신의 막내 화룡 화지연이 웃으면서 말했다.

"오라버니 부부는 어머니와 아버지보다 더 오랜 세월 동안 해로했군요. 그렇다면 당연히 어머니 아버지보다 더 부부 금슬이 좋을 거예요."

다들 '와아!' 하고 웃으며 박수를 쳤다.

그때 생애 최고로 기쁜 날을 맞이한 주천곤이 옆에 앉은 화명승과 화성덕에게 넌지시 자랑을 했다.

"딸아이가 꽤 많은 재주를 지니고 있는데 그중에서 피리 솜씨가 일품이외다. 한번 청해서 들어보시려오?"

그걸 마다할 화명승과 화성덕이 아니다. 더구나 장내의 모든 사람들이 박수를 치며 성화가 열화 같아서 옥봉으로서는 사양할 수 없게 되었다.

그녀는 언제나 품속에 지니고 다니는 옥피리를 꺼내 손에 쥐고 모두에게 청아한 목소리로 설명했다.

"이 곡은 사련봉애(思戀鳳愛)라고 하며 용공께서 저를 생각하면서 지으셨답니다."

사람들은 '사련봉애'라는 곡명을 듣고는 화운룡이 얼마나 옥봉을 그리워했을지 짐작하고는 고개를 끄떡였다.

옥봉은 꽃잎보다 더 작고 어여쁜 입술로 살짝 피리를 물고는 최초의 흐느끼는 한숨 같은 적음(笛音)을 흘려냈다.

필릴리⋯⋯.

그러자 여기저기에서 아! 오! 하는 나직한 탄성이 와르르 흘러나왔다.

피리 소리가 가슴을 뚫고 들어와 폐부를 휘저어놓는 바람에 탄성이 저절로 터져 나온 것이다.

사련봉애 곡조가 끝났을 때 장내에는 곳곳에서 나직하게 흐느끼는 울음 소리가 흘러나왔다.

피리 소리가 너무도 아련하고 슬퍼서 화운룡이 얼마나 옥봉을 그리워했는지 본인만큼이나 절절하게 실감할 수 있을 것 같아 눈물이 저절로 펑펑 쏟아졌다.

남자들도 절반 이상 눈물을 흘렸으며 나머지는 남몰래 눈물을 닦으며 괜히 '험험!' 헛기침을 해댔다.

운룡재로 돌아온 화운룡과 옥봉을, 측근들은 절대로 놓아주지 않고 다시 술판을 벌였다.

측근들이 권하는 대로 술을 받아서 마신 화운룡은 얼굴이 벌게질 정도로 취했다.

옥봉 역시 신부가 오늘 같은 날 그냥 넘어갈 수 없다면서 측근들이 앞서거니 뒤서거니 따라준 여러 잔의 술에 얼굴이 노을처럼 붉어질 만큼 꽤 취한 모습이 되었다.

옥봉이 앉아서 몸을 가누지 못할 만큼 취하자 화운룡이 그녀를 안아 무릎에 앉혔다.

옥봉은 그의 너른 가슴에 푹 파묻혀서 기대어 행복한 미소가 얼굴에서 떠나지 않았다.

십사룡신과 백호뇌가 사람들, 명림과 열한 명의 제자들도 오늘만큼은 부담 없이 술을 마셨기에 다들 거나하게 취해서 못하는 말이 없게 되었다.

가까이에 앉은 홍예가 화운룡과 옥봉을 보면서 생글생글 웃으며 종알거렸다.

"홍랑, 그러면 앞으로 열 달 후에는 귀여운 조카를 볼 수 있는 건가요?"

그 말에 다들 '와아!' 하고 손뼉을 치면서 웃음을 터뜨렸다.

짓궂음이 도도에게 용기를 심어주었다. 그녀는 가슴을 내밀며 입술을 삐죽거렸다.

"제가 주군의 부인이라면 열 달 후에 아기를 보여 드릴 수 있을 거예요."

다들 까르르 웃고 손바닥으로 탁자를 두드리며 뒤로 넘어질 정도로 소란을 피웠다.

"그만들 하세요."

명림이 낭랑한 목소리로 모두를 꾸짖었다.

그녀가 호법신으로 임명됐다는 사실을 알기에 다들 찔끔해서 눈치만 살폈다.

화운룡 오른편에 앉은 명림은 엄숙하게 말했다.

"다들 자꾸만 그런 식으로 말을 하면 두 분께서 정말로 오늘 밤에 아기를 만들지도 몰라요. 그러니까 그만하세요."

장내가 조용해졌다.

명림은 진지한 얼굴로 화운룡과 옥봉에게 물었다.

"두 분, 절대 그런 일은 일어나지 않겠죠?"

명림은 어제 화운룡에게 볼기를 열 대나 맞은 복수를 처절하게 하고 있다.

조용했던 장내가 한순간 난장판으로 돌변했다.

"푸핫핫핫핫!"

"아하하하하하!"

다들 배를 움켜잡고 숨을 꺽꺽거리면서, 또는 뒤로 발라당 자빠져서 팔다리를 바둥거리면서 웃어댔다.

충직한 종 원종이 명림을 꾸짖으며 나섰다.

"그만하십시오! 호법신!"

명림은 상큼 눈을 치떴다.

"종 주제에 네가 감히!"

원종은 물러서지 않았다.

"눈이 있으면 주인님과 공주님을 한번 보십시오!"

그의 호통에 다들 두 사람을 주시했다.

"여러분이 자꾸 부채질을 하니까 두 분께서는 정말 오늘 밤 작심하신 것 같지 않습니까?"

순간 좌중은 뒤집어졌다.

"우핫핫핫핫!"

"아하하하하하!"

옥봉은 귀까지 빨개져서 화운룡의 품으로 파고들었다.

"용공……"

옥봉은 오늘 어른들의 세계를 조금 맛보았다.

늦은 밤, 함께 목욕을 한 후에 화운룡은 옥봉을 안고 침상 으로 향했다.

화운룡은 옥봉에게 팔베개를 해주고 이불을 덮어주며 물

었다.

"괜찮아?"

그는 많이 취한 옥봉이 걱정됐다.

"끄떡없어요."

옥봉은 빨개진 얼굴로 소곤거렸다.

그녀가 그의 몸 위로 올라와서 엎드리자 마치 곰 위에 새끼 강아지가 엎드린 것 같았다.

"우리 진짜 부부가 됐어요."

화운룡은 그녀를 부드럽게 안았다.

"그래."

옥봉은 화운룡에게 부드러운 입맞춤을 하며 속삭였다.

"사랑해요."

화운룡이 옥봉의 머리를 쓰다듬었다.

"호칭이 빠진 것 같은데?"

옥봉은 얼굴을 붉히며 속삭였다.

"사랑해요, 여보."

"나도 사랑해."

"호칭이 빠졌어요."

"사랑해, 여보."

화운룡은 세게 안으면 옥봉의 작은 체구가 으스러질 것 같아서 가만히 안아주며 속삭였다.

두 사람은 마침내 부부가 되었다.

*   *   *

주룡 몽개가 화운룡에게 보고했다.

"이상한 기류가 감지되고 있습니다."

"무슨 얘긴가?"

자리에는 화운룡과 몽개, 장하문, 명림이 앉아 있다.

몽개의 표정은 진지하고 심각했다.

"태주현과 인근 몇 개 현에 개방의 분타가 있다는 것 아시고 계십니까?"

"알고 있네."

"그곳 개방 제자들을 만났는데 외부에서 본 문을 춘추십패(春秋十覇)라고 수군거린답니다."

"춘추십패?"

화운룡은 어이없는 표정을 지었다.

"본 문이 태주현의 여러 문파들을 비롯하여 사해검문과 모산파, 그리고 백여 리 안의 모든 방파와 문파들을 복속시키고 세력이 비대해졌을 뿐만 아니라 통천방과 광덕왕까지 넘보지 못할 정도의 강성한 문파가 됐다면서 춘추십패의 반열에 올랐다는 소문이 무성합니다."

"그것참……."

춘추구패를 만드는 요인은 단 한 가지 소문이다. 스스로의 방파나 문파가 제아무리 자신이 춘추구패라고 우겨도 무림이 인정하지 않으면 아무런 소용이 없다.

최초의 춘추일패(春秋一覇)인 하북 균천보(鈞天堡)를 만든 것은 무림의 소문이었으며, 그 소문이 이제 춘추십패로 비룡은월문을 거론하고 있다는 것이다.

하지만 그런 소문은 화운룡이 원하지 않는 것이다. 천둥이 잦으면 비가 오듯이 소문이 무성해지면 좋지 않은 일들이 발생한다는 것을 경험으로 잘 알고 있는 그다.

장하문이 심각한 얼굴로 고개를 끄떡였다.

"짐작하고 있었지만 잘된 일입니다."

화운룡은 장하문이 왜 잘됐다고 하는지 안다. 비룡은월문이 춘추십패가 되면 한번 어떻게 해보려고 껄떡거리는 잔챙이들의 도전이 사라질 것이기 때문이다.

하지만 그 대신 큰 덩치가 집적거리게 될 것이다. 그러니까 일장일단이 있다.

화운룡은 고개를 끄떡였다.

"우리가 통천방, 광덕왕하고 반목하고 있다는 것이 소문난 모양이로군."

지난번에 비룡은월문에서 화운룡을 비롯한 고수들이 대거

빠져나가 북상했다가 사흘 후에 백청명 등 은한천궁 생존자들을 데리고 돌아왔으므로 그걸 본 사람들이 이것저것 꿰맞추다 보면 어떻게 된 일인지 짐작했을 것이다.

"은한천궁을 구한 일과 정현왕 전하를 모시고 있는 것이 본문이라는 사실을 통천방과 광덕왕이 알게 되었다고 봐야 할 것입니다."

"그렇겠지."

화운룡은 턱을 쓰다듬었다.

"화살은 시위를 떠났으니 이제 길은 하나뿐이다."

장하문이 고개를 끄떡였다.

"그렇습니다. 본 문이 지금보다 더 막강해지는 것만이 살아남는 길입니다."

"그래서 하는 말인데, 현재 본 문 사람들은 어느 정도 실력이 됐는가?"

장하문이 공손히 대답했다.

"현재 전체 인원은 구백팔십 명입니다. 상중하로 나눈다면 운룡재의 인원들이 극상급이고, 비룡검대와 해룡검대가 상급이며, 진검대와 운검대가 중상급, 나머지는 하급에 속합니다. '하급'이라는 것은 사해검문의 사해검대와 모산파의 상청검대, 은한천궁의 은한검대를 말하며, 무림에서는 일류 혹은 이류로 분류되는 사람들입니다."

장하문이 조심히 말했다.

"주군께 부탁드릴 것이 있습니다."

"말하게."

"가능하시다면 주군께서 각 대주들과 비룡검대, 해룡검대 검사들 중에서 엄선된 사람들만이라도 생사현관을 타통해 주시는 것이 어떻겠습니까?"

그렇게만 되면 비룡검대와 해룡검대의 전력이 두 배 이상 고강해질 것이다.

화운룡은 선선히 고개를 끄떡였다.

"그렇게 하지."

"제가 그들을 일일이 심사하여 적합한 사람만 골라낼 테니 염려하지 마십시오."

이놈 저놈 다 생사현관을 타통해 주면 곤란하다는 것이 장하문의 생각이다.

그런데 화운룡이 손을 저었다.

"고르지 말게."

"네?"

장하문은 의아한 표정을 지었다.

"친구는 만드는 것이지 고르는 것이 아니다."

"아……."

장하문과 명림, 몽개는 큰 깨달음을 얻었다.

"나는 본 문 사람들을 다 친구로 만들 생각이야."

장하문은 고개를 깊이 숙였다.

"죄송합니다. 제 생각이 짧았습니다."

화운룡은 몽개를 쳐다보았다.

"먼저 자네부터 내 친구가 되어야겠네."

몽개는 벌떡 일어나서 허리를 굽혔다.

"부, 부탁드립니다."

명림은 천옥보갑을 입어 화운룡과 일체가 되다가 문득 어떤 사실을 깨달았다.

"이제 알겠어요."

"뭘?"

화운룡이 천옥보갑 앞섶의 끈을 묶는 동안 명림은 자신이 생각하고 있는 바를 털어놓았다.

"운검 당신이 새로운 심법을 가르쳐 주신 후 단시일 내에 제가 신공을 전개할 수 있도록 하는 방법이 바로 추궁과혈수법인 거죠?"

"……."

거짓말을 못하는 화운룡이 가만히 있자 명림은 자신의 직감이 정확하다고 믿었다.

"어서 말씀해 보세요. 제 말이 맞죠?"

그녀가 다시 한번 몸을 뒤채며 채근하자 화운룡은 딴청을 부렸다.

"어서 가자. 몽개가 기다리겠다."

"해주세요."

"……"

"추궁과혈수법으로 저 신공 완성시켜 주세요."

"명림아."

"저 꽉 막힌 여자 아니라는 거 잘 아시잖아요. 당신이 저의 신공을 완성시켜 주지 못하시겠다면 거기에 따른 적절한 이유를 말씀해 주세요. 그럼 저도 더 이상 고집부리지 않고 당신 말씀에 따르겠어요."

사실 그럴 만한 적절한 이유 같은 게 있을 리가 없다. 그저 명림을 슬슬 약 올리다가 못 이긴 체하고 들어주려는 것인데 이렇게 되면 해줄 수밖에 없다.

정말이지 화운룡의 추궁과혈수법은 만사형통 못하는 게 없는 것 같다.

생사현관을 타통하거나 신공을 완성시키는 것, 내상을 치료하는 것들의 방법이 세부적으로 각각 다를 뿐이지 추궁과혈수법 하나면 다 척척 이루어진다.

"해주시는 것으로 알겠어요."

화운룡은 명림의 머리를 아프지 않게 쥐어박았다.

콩!

"너한테는 못 당하겠구나."

"헤헷, 제게 벌을 주신 보상이라고 생각하세요."

"네가 잘못해서 맞지 않았느냐?"

"그렇다고 그렇게 세게 때리시면 어떻게 해요? 멍들었단 말이에요. 어째서 맨날 볼기만 때리세요?"

두 사람은 아이들처럼 투닥거렸다.

"그럼 어딜 때리랴?"

"안 때리면 되잖아요."

"네가 맞을 짓을 하잖느냐."

"할아버지께서 이상한 눈으로 보시니까 그런 거지 그게 어디 맞을 짓인가요?"

콩!

"인석이?"

"아파요."

콩!

"아프라고 때리는 게다."

"차라리 볼기를 때리세요."

"오냐."

명림은 원하는 것을 얻었으면서도 왠지 화운룡에게 진 것 같은 기분이 들었다.

그러나 한 가지는 분명하다. 두 사람은 미래보다 훨씬 더 친해지고 있다는 사실이다.

명림은 그 사실이 죽을 만큼 기뻤다.

화운룡의 추궁과혈수법은 말 그대로 전가의 보도(傳家寶刀)가 되었다.

현재의 운룡재를 이룬 중심에는 추궁과혈수법이 있다고 해도 과언이 아니다.

그는 몽개에 이어서 내친김에 백호뇌가 사람들도 생사현관을 타통시켜 주었다.

미래에 화운룡의 엄마처럼 굴었던 염교교는 침상에 반듯한 자세로 눕는 것을 쑥스러워하면서도 망설이지 않았으며, 홍예는 얼씨구나 하며 침상에 누워서 생사현관 타통이 끝났는데도 더 만져달라고 성화를 부렸다.

원래 추궁과혈수법은 의술에서의 치료법인데 화운룡이 생사현관 타통을 위해서 변형시킨 것이다.

그러므로 치료법인 추궁과혈수법과 생사현관 타통을 위한 추궁과혈수법은 명백하게 다를 수밖에 없다.

후자는 온몸 기경팔맥과 임독양맥의 자락(子絡)과 손락(孫絡)까지 무려 삼천육백오십오 혈도를 각각 많게는 열 번에서 적게는 세 번까지 두드리고 찔러야 하므로 한 사람의 생사현

관을 타통하려면 이만오천 번이나 타혈(打穴)을 해야 하는 것
이니 얼마나 어려운 일이겠는가. 화운룡이기에 가능한 일이
다.

생사현관 타통에 다른 왕도는 없다. 이것도 명천신의학에
정통한 화운룡이니까 가능한 일이지 천하의 그 누구라도 이
처럼 손쉽게 생사현관을 타통하는 사람은 없다.

아니, 손쉽다는 것은 다른 사람들이 보기에 그렇다는 것이
지 온몸 구석구석의 혈도를 이만오천 번이나 타혈해야 하는
화운룡에겐 죽을맛이다.

백호뇌가 사람들 중에 마지막으로 생사현관이 타통된 수란
이 귀까지 빨개져서 눈을 꼭 감고 누워 있다.

화운룡의 두 손이 그녀의 온몸 구석구석 혈도를 이만오천
번이나 찌르고 두드리는 바람에 부끄러워서 어쩔 줄을 모르
는 데다, 마지막에는 임독양맥이 타통되면서 체내에서 천지개
벽이 벌어지자 소스라치게 놀라서 정신이 하나도 없다.

"휴우… 끝났다. 일어나라."

화운룡이 길게 한숨을 내쉬면서 손을 떼자 수란은 눈을 뜨
고 조심스럽게 상체를 일으켜 앉았다.

"운공조식을 세 차례 해라."

"네."

화운룡은 옆방으로 가서 천옥보갑을 벗고 명림을 나오게 했다. 이어서 좌대 위에 명림과 마주 보는 자세로 앉아서 운공조식을 시작했다.

일체신공을 하고 나서는 꼭 운공조식을 하여 흐트러진 공력을 바로잡아야 한다.

이윽고 운공조식을 끝낸 화운룡은 공력이 오 년 늘어서 오십오 년이 된 것을 확인했다.

그런데 같이 운공조식을 시작한 명림은 여전히 눈을 감은 채 미동도 하지 않았다.

화운룡은 이참에 아예 명림에게 심법을 전수하고 심법을 신공으로 전환할 수 있도록 추궁과혈을 해줄 생각이라 그녀가 운공조식을 끝내기를 묵묵히 기다렸다.

일각을 기다린 후에야 명림이 운공조식을 끝내고 눈을 뜨며 나직한 탄성을 터뜨렸다.

"아… 이상한 일이에요."

화운룡은 명림이 운공조식을 길게 한 이유가 방금 말한 내용과 관계가 있을 것이라고 짐작했다.

"제 공력이 증진됐어요."

그런데 명림이 뜻밖의 말을 했다.

그녀는 고개를 갸웃거렸다.

"아침에 운공조식 했을 때 제 공력이 이백 년이었는데 지금은 이백사십 년이에요. 한나절 사이에 사십 년이나 급증하다니 어떻게 된 일인지 모르겠어요."

화운룡은 미간을 좁혔다. 그가 명림과 일체신공을 전개하면 두 사람의 공력 외에 사십 년이라는 공력이 어김없이 더 생성됐다.

그렇지만 일체신공을 끝내고 나면 생성됐던 사십 년 공력은 사라졌다.

그런데 명림의 공력이 갑자기 사십 년이나 증진됐다고 하니까 그것과 관계가 있을 것 같았다.

평소에는 사라지는 사십 년 공력이 그녀의 공력과 합쳐진 것이 분명하다.

"어떻게 된 일이죠?"

명림은 의아한 얼굴로 화운룡을 바라보았다. 그녀는 모르는 것이 없는 화운룡이라면 왜 그런지 알고 있을 것이라고 생각했다.

"왜 그런 일이 일어났는지는 모르겠지만 어떻게 된 일인지는 알 것 같구나."

이어서 화운룡은 두 사람이 일체신공을 전개했을 때 사십 년이라는 공력이 생성되는데 왜 그런지는 모르겠다는 설명을 해주었다.

명림은 크게 놀랐다.

"아… 그렇다면 그 사십 년 공력이 제 것이 됐군요?"

"그런 것 같다."

"제가 이백사십 년 공력이라니 정말 굉장해요."

그녀는 감탄을 거듭하다가 화운룡이 골똘한 생각에 잠겨 있는 모습을 보았다.

"왜 그런 일이 일어났는지 아시겠어요?"

화운룡은 고개를 가로저었다.

"현재로선 모르겠구나."

"그렇다면 머리 아프니까 깊이 생각하지 마세요. 언젠가는 알게 되겠죠."

두 사람이 연공실에 들어갔을 때 수란은 운공조식을 끝내고 나무 침상에 가부좌의 자세를 하고서 앉아 있었다.

"수란아, 공력이 얼마로 증진됐느냐?"

수란은 얼굴을 붉히며 수줍게, 그러나 기쁜 표정으로 말했다.

"제 원래 공력은 칠십 년이었는데 지금은 백이십 년으로 증진됐어요."

그녀는 앞에 서서 부드러운 미소를 짓고 있는 화운룡을 바라보았다.

"뭐라고 감사의 말씀을 드려야 할지 모르겠어요."

그녀는 화운룡 앞에 자신이 혼자 가부좌의 자세를 하고 앉아 있다는 사실에 왠지 조금 부끄러움을 느꼈으나 몸을 가리거나 하지는 않았다.

추궁과혈수법을 하면서 화운룡에게 온몸을 내맡겼기에 그가 그녀의 특별한 존재가 되었기 때문이다.

사실은 유식함이 극에 달한 화운룡이라고 해도 간과하고 있는 매우 중요한 사실이 하나 있다.

남녀가 꼭 깊은 사이여야만 정인(情人)이나 연인, 부부가 되는 것은 아니다.

어찌 보면 화운룡이 운룡재 여자들의 생사현관을 타통하면서 행한 추궁과혈수법은 몸을 섞는 것보다 더 내밀하면서도 깊은 관계를 만들었다고 할 수 있다.

수십 가지 자세를 취하게 하고 온몸 구석구석을 이만오천 번이나 찌르고 때리는 것이 어찌 특별한 관계가 아니겠는가.

도대체 천하의 어떤 남편이나 연인이 자신의 여자를 무려 이만오천 번이나 타혈할 수 있다는 말인가.

그렇기 때문에 생사현관이 타통된 여자들 중에서 남편 혹은 연인이 있는 염교교, 백진정, 벽상을 제외한 모든 여자들이 마음속 깊이 그를 남편이나 연인, 그 이상의 존재로 맞이했다는 사실은 그다지 이상한 일이 아닐 것이다.

그런데도 불구하고 천하의 대석학이라고 자타가 인정하는 화운룡은 그런 사실을 까맣게 모르고 있다.

다만 화운룡에게 생사현관이 타통되어 그를 남편처럼 여기게 된 뭇 여자들 중에 한 명인 명림은 그런 사실을 잘 알지만 잠자코 있었다.

왜냐하면 화운룡이 모두의 생사현관을 타통하여 공력을 높이는 일은 매우 중요하기 때문에 괜히 이상한 말을 해서 그 일을 멈추게 하고 싶지 않은 것이다.

또한 여자들의 그런 지극한 마음과는 달리 그가 그녀들에게 추호의 사심이 없다는 사실을 잘 알고 있기 때문에 적이 안심하고 있는 것이다.

화운룡은 할아버지가 손녀를 대하듯 빙그레 자상하게 미소 지으며 수란의 어깨를 두드렸다.

"네 공력이 증진됐다면 나도 기쁘다. 이제 내려와라."

수란은 침상에서 내려와 조심스러운 자세를 취했다.

화운룡은 명림에게 말했다.

"다음은 너다, 명림아."

"네."

명림은 두근거리는 가슴을 억누르며 수줍게 대답했다.

第十章
구림육파(救林六派)의 방문

　화운룡은 명림에게 십절신공의 구결을 전수하고 그녀가 다 외우고 숙지한 후에 심법을 신공으로 전환하기 위한 추궁과혈 수법을 실행했다.

　즉, 명림의 몸을 심법체질에서 신공체질로 변환시키는 것이 다.

　반시진 동안의 추궁과혈수법이 끝나고 나서 화운룡은 명림 에게 특이한 자세를 취하라고 지시했다.

　그러고는 어째서 그런 자세를 취하고 있어야 하는지에 대해 서 구구절절 지나칠 정도로 자상하게 설명을 했다.

나무 침상 위에 고양이가 한껏 늘어지게 기지개를 켜고 있는 자세를 취하고 있는 명림은 자신의 뒤쪽에 서 있는 화운룡에게 물었다.

"얼마나 이러고 있어야 하죠?"

"내가 그만두라고 할 때까지다. 그래야지만 신공을 전개할 수 있는 체질이 완성될 게야."

"그거 확실한 거죠?"

"믿지 못하겠으면 하지 않아도 된다."

"믿지 못하는 게 아니라 할아버지가 걸핏하면 저를 골탕 먹이니까 의심이 드는 거예요."

"다시 말하지만 중도에 자세를 풀면 신공체질로의 변환은 물거품이 될 것이다."

"그런데 왜 할아버지는 제 뒤에 서 계신 거예요? 지금 뭘 보고 계신 거죠?"

그는 명림 뒤에 서 있지만 그녀를 보고 있지는 않았다. 그런 것에는 관심도 없다.

찰싹!

"인석아! 할아버지가 손녀도 못 보느냐?"

화운룡은 명림의 어깨를 툭 건드리고는 연공실에서 나갔다.

문을 닫은 그는 파안대소가 터져 나오려는 것을 참느라 진

땀을 흘렸다.

사실 명림의 몸은 지금 당장에라도 신공을 전개할 수 있는 체질로 변환을 끝냈다.

명림 말대로 지금 그녀는 고양이 기지개 켜는 자세로 골탕을 먹고 있는 중이다.

캄캄한 한밤중에 한 사내가 비룡은월문 깊숙한 곳 인공 호수 위에서 갈팡질팡하고 있다.

인공 호수 위에는 구불구불하게, 그리고 띄엄띄엄 징검다리가 놓여 있다.

그런데 사내는 징검다리 중간의 어느 넓적한 돌 위에 멈춰 서 검을 뽑아 쥐고는 주위를 마구 두리번거리면서 정신 사납게 중얼거렸다.

"이… 이게 어떻게 된 거야? 방금 전까지 정원이었는데 갑자기 바위투성이 산이라니… 으으……."

호수 한가운데 징검다리에 서 있으면서도 그는 자신이 바위투성이 산속에 있다는 환상에 빠져 있었다.

흑의 야행복 차림의 삼십 대 중반의 사내는 손으로 눈을 비비고 다시 확인해 보았다.

"이런 빌어먹을……."

아무리 확인을 해봐도 주변은 변함없이 험준하기 짝이 없는 바위투성이 산속이다.

그는 반시진 전에 귀신처럼 비룡은월문에 잠입했다가 삼라만상대진에 빠지고 말았다.

비룡은월문 사람들은 자신이 속해 있는 검대나 전각 주변에서는 장하문이 알려준, 진에 빠지지 않는 특별한 길로만 다니기 때문에 안전하다.

또한 자신이 속한 곳에서 성문까지 다니는 것도 진에 빠지지 않는 길로 다니기 때문에 자유롭다.

삼라만상대진이 처음 발동됐을 때는 다소 혼란스러웠으며 진에 빠지는 사람이 간혹 있었다.

그럴 경우 움직이지 말고 그 자리에서 구원을 요청하라는 지시가 있었기 때문에 그대로 따르기만 하면 험한 꼴을 당하지 않고 곧 구출되었다.

그러나 외부인이 침입을 한다면 삼라만상대진은 지옥을 체험하게 해준다.

이 사내는 비룡은월문을 얕보고 잠입했다가 현재 지옥의 문턱을 넘고 있는 중이다.

"으음… 이런 어이없는 일이 일어나다니……."

그는 아직도 자신이 한번 빠지면 결코 자력으로는 헤어나오지 못하는 절진에 빠졌다는 사실을 깨닫지 못한 채 크고 작은 바위 사이를 두리번거리면서 걸어가고 있다.

사실 그는 비룡은월문 성 밖의 폭 십여 장의 해자와 높이 팔 장의 성벽을 동료들의 도움을 받아서 겨우 넘어 성안으로 잠입할 수 있었다.

원래 비룡은월문 성벽 위에는 삼십 장마다 설치된 망루가 있었고, 그곳에 다섯 명씩의 호성고수들이 밤낮으로 각 망루 사이를 오가면서 지키고 있었다.

그러나 삼라만상대진이 발동되면서 장하문은 호성고수들은 모두 철수시켰다.

하나의 커다란 바위를 돌아서 걸어가던 사내는 갑자기 걸음을 뚝 멈추고 눈을 부릅떴다.

"허억!"

전방 삼 장 거리의 바위 위에 황소만 한 크기의 호랑이가 떡 버티고 서서 그를 굽어보고 있었다. 난데없이 호랑이가 어디에서 나타났는지 모를 일이다.

크르르……

대호(大虎)의 치뜬 두 눈에서는 번갯불 같은 안광이 작렬했고 낮게 으르렁거리는 입에서는 하얗게 빛나는 날카로운 송곳니가 번뜩였다.

아무리 무림고수라고 해도 이런 산중에서 거대한 대호와 일대일 정면으로 맞닥뜨리면 겁을 먹을 수밖에 없다. 또한 생사를 장담할 수도 없다.

"흐으으……."

사내는 대호에게서 시선을 떼지 않은 채 천천히 뒷걸음질 쳐서 바위 뒤로 물러나려고 했다.

크와앙!

그 순간 대호가 바위를 박차고 곧장 사내를 덮쳐오며 쩌렁한 포효를 터뜨렸다.

"와앗!"

사내는 놀라서 급히 바위 뒤로 피하면서 대호를 공격할 기회를 노렸다.

그런데 바위 뒤로 피한 사내는 그곳 지척에 수십 마리 늑대들이 우글거리면서 자신을 포위하고 있는 광경을 발견하고 소스라치게 놀랐다.

"으헛!"

족히 삼사십 마리는 됨 직한 커다란 늑대들이 이빨을 드러내고 그르렁거리면서 포위망을 좁혀오고 있다. 조금 전까지도 없던 늑대들이 도대체 언제 나타났다는 말인가.

이거야말로 전문거호후문진랑(前門巨虎後門進狼)의 절박한 상황이다.

"으으으……."

그가 바위에 등을 대고 늑대들을 쳐다보며 경계하고 있을 때 바위 모퉁이에서 대호가 튀어나오는가 싶더니 곧장 사내를 덮쳐왔다.

크워엉!

그와 동시에 수십 마리 늑대들도 일제히 공격을 개시했다.

사내는 사색이 됐다.

"으으… 빌어먹을……."

"헉헉헉헉……."

대호와 수십 마리 거대한 늑대들과 고군분투 싸운 사내는 기진맥진해서 헐떡거렸다.

그런데 방금까지만 해도 치열하게 싸운 대호와 늑대들이 어느 순간 감쪽같이 사라져 버렸다.

그뿐만이 아니라 분명히 바위투성이 산속이었는데 주변이 어느새 사막으로 변했다.

바위투성이 산이 언제 사막으로 변했는지 사내는 전혀 알지 못했다.

머리 위에서는 난데없는 붉은 태양이 이글거렸고 사막의 모래에서는 펄펄 끓는 솥처럼 뜨거운 열기가 올라와서 숨이 턱턱 막혔다.

그제야 사내는 자신이 진에 빠졌다는 사실을 깨달았다.

"우라질… 진 따위에 속다니……."

그는 자신이 지금까지 본 대호나 늑대 같은 것들이 다 헛것이라고 생각했다.

그렇지만 그는 조금 전 대호와 늑대들의 집중공격을 받고 살아남기 위해 치열하게 싸우는 과정에서, 그것들에게 물리고 할퀴어져서 옷이 갈가리 찢어지고 몸 곳곳에 난 상처에서 피가 흐르는 것을 보고는 망연자실해졌다.

만약 이게 진이라면 자신의 몸에 난 상처들은 뭐라고 이해를 해야 한다는 말인가.

사내는 끝없는 사막을 한나절 동안 헤매면서 갈증과 더위에 허덕인 후에는 갑자기 끝없이 펼쳐진 얼음 벌판에 내던져져서 극심한 추위에 한나절 동안 온몸을 덜덜 떨었다.

그리고 마지막에 그는 발밑이 허전한 것을 느끼고 움찔 놀라 급히 아래를 보았다.

그는 어느덧 깎아지른 천야만야 낭떠러지에서 발을 헛디뎌 추락하기 시작했다.

"으아아!"

하지만 실제로 그는 인공 호수의 징검다리 마지막 돌에서 앞으로 발을 내밀다가 호수로 곤두박질치고 있는 것이다.

징검다리 끝에는 지름 일 장 정도의 원형 구멍이 있는데 사내는 그 구멍 안으로 뚝 떨어졌다.

사내가 진에 빠졌다가 마지막에 구멍 속으로 떨어질 때까지 체감한 시간은 하루가 훌쩍 넘었다.

그렇지만 실제로는 반시진 정도가 소요됐을 뿐이다. 그것이 삼라만상대진의 무서움이다.

뇌옥에 갇힌 사내를 문초한 결과 황산파(黃山派) 고수라는 사실이 드러났다.

중원 전체로 봤을 때 천외신계에서 장강 남쪽 전역을 관장하고 있는 곳이 형산파다.

그리고 형산파 아래에 세 개의 중간 세력이 있는데 천태파와 황산파, 막부파다.

얼마 전에 화운룡이 공격해서 천외신계 고수들을 깡그리 죽인 모산파 바로 위에 황산파가 있는 것이다.

말하자면 황산파는 천외신계의 중간 세력으로서 강소성과 안휘성 남쪽 지방과 절강성 전역, 강서성 전역, 복건성 전역을 관할하고 있다.

"황산파에 대해서 조사를 해두었습니다."

장하문이 책자를 넘기다가 멈췄다.

"칠백 년의 역사를 지닌 정파이며 문파고수 삼백오십여 명으로 중간 규모의 문파입니다."

"사실이 아닐 거야."

광대한 지역을 담당하는 천외신계 중간 세력이 달랑 삼백오십여 명의 고수만을 보유하고 있다는 것은 어불성설이다.

"그럴 것입니다. 이것은 황산파의 표면적으로 드러난 것에 대한 조사 내용입니다."

장하문은 더 보고할 이유가 없다는 듯 책자를 덮고 나서 말을 이었다.

"뇌옥에 갇혀 있는 자는 황산파 휘하지만 천외신계 직속인 비찰림(祕察林) 고수라고 합니다."

장하문은 화운룡에게 배운 잠혼백령술을 전개하여 잠입한 자가 알고 있는 모든 것들을 실토받았다.

"비찰림은 천외신계 내의 개방이라고 보시면 됩니다."

장하문의 말에 의하면 천외신계 비찰림은 정보 수집, 조사, 전달 등을 담당하며 천외신계 휘하의 각 지역에 작게는 하나의 조가, 크게는 일개 당(堂)이 파견 나와 있다는 것이다.

황산파에 비찰림 고수가 있다면 적어도 규모가 황산파 정도는 돼야 비찰림을 둔다는 뜻이다.

화운룡이 물었다.

"그 비찰림자(祕察林者)가 황산파에 대해서 자세히 모르고 있는 것 같군."

화운룡은 부르기 좋게 비찰림 소속의 인물에 놈 자를 붙였다. 장하문이 비찰림자에게 잠혼백령술을 전개했다면 알고 있는 것들을 다 털어놓았을 텐데 여전히 황산파의 실제 전력에 대해서는 오리무중이다.

"그렇습니다. 그자는 철저하게 자신이 담당하고 있는 최소 부분만 알고 있었습니다."

"치밀하군."

화운룡은 고개를 끄떡이고 나서 일어섰다.

"그렇다면 몽개하고 얘기를 해봐야겠군."

주룡 몽개가 개방의 장로였으니까 이 근처의 개방분타들을 시켜서 황산파에 대해서 알아보도록 하려는 것이다.

그러나 문제는 그의 개방에서의 영향력이 아직도 살아 있느냐는 것이다.

"주군, 사실 제 능력은 극히 제한적입니다."

몽개가 화운룡에게 난색을 표했다.

"이제 저는 주군의 수하이지 개방 장로가 아닙니다. 이곳 개방분타의 분타주들이 친분 때문에 저에게 이것저것 알려주는 것이지 제가 명령을 내리지는 못합니다."

화운룡은 이해한다는 듯 고개를 끄떡였다.

"그렇군."

화운룡이 미소 지으며 손을 저었다.

"괜찮네. 그만 나가보게."

몽개는 일어섰다가 조심스럽게 말을 꺼냈다.

"주군, 누굴 한번 만나주시겠습니까?"

"누군가?"

몽개는 더욱 조심스러운 표정을 지었다.

"개방 방주입니다."

"음?"

"마침 신풍개가 항주로 가는 길이라서 내일쯤 이 근처를 지난다고 하는데 주군을 만나고 싶다는 것입니다. 불편하시면 거절해도 무방합니다."

신풍개는 개방의 방주이며 몽개의 사형이었지만 그가 개방을 탈퇴한 몸이라서 별호를 부르는 것이다.

"신풍개는 천외신계를 상대하기 위해서 무림 각처의 방파와 문파, 그리고 무림고수들을 일일이 규합하러 천하를 돌고 있는 중입니다."

개방을 위시하여 소림사, 아미파. 화산파, 청성파, 곤륜파 여섯 개 문파가 은밀하게 모여서 언젠가 미구에 닥칠지 모르는 천외신계의 대공격에 대처하기 위해 구림육파를 결성했다는 말은 들었다.

그러나 몽개가 화운룡더러 구림육파를 도우라고 신풍개를 만나라고 하는 건 아닐 것이다.

누가 뭐라고 해도 몽개는 화운룡의 수하이며 십오룡신 중한 명이다.

또한 그는 화운룡이 조용히 살기를 원한다는 사실을 잘 알고 있으므로 구림육파를 도우라는 뜻으로 신풍개를 만나보라고 할 리가 없다.

"신풍개를 만나서 그를 움직이면 이 근처의 개방 제자들을 부릴 수 있을 것입니다."

이것이 몽개의 속뜻이었다.

"그럴까?"

조마조마하던 몽개는 화운룡의 말에 표정이 환하게 밝아져서 굽신 허리를 굽혔다.

"감사합니다."

"자네가 왜 감사한가?"

몽개는 겸연쩍게 웃었다.

"사실 어제 신풍개 쪽에서 주군을 만나고 싶다는 연락이 와서 제가 말씀드려 보겠다고 했는데 자신이 없었습니다. 그런데 이제는 제 얼굴이 서겠습니다."

몽개가 중재를 잘해서 화운룡이 신풍개와의 만남을 허락했으므로 몽개의 체면이 서게 됐다는 뜻이다.

"신풍개를 만나 이 근처 개방의 힘을 쓰고 싶다는 말을 하십시오. 천외신계의 중간책인 황산파를 상대하려는 것이므로 들어줄 것이라고 생각합니다."

"그러겠네."

                    *   *   *

보진은 정리를 하러 화운룡의 개인연공실에 들어갔다가 해
괴한 광경을 발견하고 소스라치게 놀랐다.

"앗!"

문을 열고 들어가자마자 달덩이처럼 허연 물체를 발견하는
즉시 보진은 공격할 태세를 갖추었다. 영문 모를 물체의 암습
이라고 직감한 것이다.

"뭐냐?"

보진의 날카로운 외침에 이어서 들려오는 목소리는 뜻밖에
도 명림이다.

"끄응… 진아냐?"

"아… 사부님이십니까?"

나신으로 고양이 기지개 켜는 자세를 취하고 있는 명림은
하필이면 입구 쪽으로 엉덩이를 향하고 있었다.

"여기에서 그런 모습으로 뭘 하시는 겁니까?"

보진이 명림의 얼굴 쪽으로 가서 의아한 듯 물었다.

명림은 너무 힘들어서 말하는 것도 쉽지 않았다.

"음… 운공조식 중이다……."

명림은 더욱 어이없는 표정을 지었다. 이런 운공조식 자세가 있다는 말은 금시초문이다.

"무슨 운공조식을 이렇게……."

"운검은 어디에 계시느냐?"

"측근들과 회의 중이십니다."

"무… 슨 일이 있었느냐?"

"천외신계의 비찰림자라는 침입자가 절진에 갇혔었는데 뇌옥에 떨어졌습니다."

"음……."

"그자를 문초해서 얻은 정보를 토대로 주군께서 측근들과 회의를 하고 계십니다."

보진은 고양이가 기지개를 켜는 듯한 해괴한 자세를 취하고 있는 명림을 민망한 표정으로 보며 말했다.

"그만 일어나세요."

"끙… 안 된다."

이제 조금만 더 버티면 신공체질이 완성되는데 일어나다니 명림으로선 큰일 날 소리다.

"주군 모셔올까요?"

"회… 의 중이시라며?"

"그렇습니다."

"끙… 됐다."

명림은 아득한 나락으로 떨어지는 기분을 맛보았다.

늦은 밤까지 회의를 한 화운룡은 침실로 돌아오자마자 옥봉을 안고 잠이 들었다.

옆 침상에 누워 있는 보진은 명림이 아직 연공실에서 혼자 이상한 자세를 취하고 있다는 사실을 알고 있었지만 화운룡이 명림에게 그렇게 하고 있으라고 지시했다는 사실을 모르기 때문에 아무 말도 하지 않았다.

그러면서 어째서 명림이 저런 자세로 있는 것인지 잠을 설치면서 곰곰이 생각했다.

명림은 밤새 고양이 기지개 켜는 자세를 취하고 있었다.

그녀는 순수하며 어리숙하면서도 단순한 성격이다.

화운룡은 언제나처럼 갑시(甲時: 새벽 5시경)에 일어나 개인연공실로 향했다.

그런데 그가 연공실 앞에 이르렀을 때 안에서 이상한 소리가 흘러나오고 있었다.

"끄으으… 으응……."

'이런…….'

그제야 그는 명림을 고양이 기지개 켜는 자세로 놔뒀다는 사실을 기억해 냈다.

어젯밤에는 황산파 비찰림자의 일로 이것저것 의논하느라 정신이 없어서 명림을 깜빡 잊었다. 명림을 골탕 먹인다는 것이 그녀를 죽이게 생겼다.

척!

그렇지만 화운룡은 최대한 태연하게 문을 열고 들어가는데 기척을 느낀 명림이 대뜸 물었다.

"운검 당신이에요?"

"음, 그래. 잘하고 있구나."

화운룡은 정면에 놓인 명림을 보며 미안한 마음이 들었다.

"왜 이제야 오시는 거예요? 아직도 멀었나요? 도대체 얼마나 더 이러고 있어야 하는 거죠?"

명림은 끙끙 앓는 소리를 내며 하소연했다.

"신공체질이 완성됐는지 어디 보자."

화운룡은 실수를 만회하려고 애썼다.

그는 명림의 손목을 잡고 맥을 재는 체하고는 진지하게 고개를 끄떡였다.

"이제 됐다. 일어나라."

"끄으응……."

명림은 몸을 일으키는데 몸 여기저기에서 뼈마디 부러지는 소리가 마구 터졌다.

"에구구… 좀 일으켜 주세요……."

너무 오래 고양이 기지개 켜는 자세로 있었던 탓에 몸이 굳어버린 명림이 하소연을 했다.

일어나서 앉은 명림이 해쓱해진 얼굴로 화운룡을 흘겼다.

"당신이 저를 골탕 먹이는 줄 알았어요."

화운룡은 진지한 표정으로 말했다.

"오늘 개방 방주 신풍개를 만나기로 했다."

말이 길어지면 명림을 골탕 먹이려던 것이 탄로 날까 봐 화제를 바꾸었다.

정오 조금 안 된 시각에 개방 방주 신풍개 일행이 비룡은월문에 찾아왔다.

신풍개 일행은 용황락 내 빈객전으로 안내되었고, 연락을 받은 화운룡이 장하문과 명림, 보진, 몽개를 대동하고 그들을 만나러 갔다.

신풍개 일행은 다섯 명이다.

신풍개와 개방 고수 두 명, 그리고 뜻밖에도 아미파 장문인 혜성신니와 장로 한 명이 탁자 앞에 앉아서 차를 마시고 있다가 화운룡 일행을 맞이했다.

신풍개 등과 함께 자리에서 일어서던 혜성신니와 삼장로인 혜정신니(慧正神尼)는 들어서는 화운룡 일행을 보다가 명림과 보진을 발견하고 깜짝 놀랐다.

그녀들은 잘못 본 것이 아닌지 확인했지만 명림과 보진이 분명했다.

"아미타불… 혜오가 여기에는 무슨 일이오?"

명림과 보진은 신풍개 등 개방 사람들만 온 줄 알았다가 뜻밖에 혜성신니를 만나고 크게 놀랐다.

"장문인……."

명림은 말을 잇지 못했다.

명림과 장문인 혜성신니는 자매지간이다. 혜성신니가 언니이며 두 살 많은 삼십팔 세이고 어릴 때 같이 아미파에 들어갔었다.

명림은 일전에 서찰로 자신과 열한 명 제자들의 파계를 일방적으로 아미파에 알렸으며 혜성신니하고는 두 달 만에 만나는 것이다.

명림이 화운룡을 두 손으로 공손히 가리켰다.

"주군이십니다."

혜성신니와 혜정신니는 크게 놀라는 표정으로 화운룡을 바라보았다.

이번에는 몽개가 화운룡을 신풍개에게 소개했다.

"방주, 저의 주군이시오."

신풍개는 혜오신니 명림을, 혜성신니와 혜정신니는 개방 장로였던 몽개를 잘 알고 있다.

그런데 아미파와 개방의 장로였던 두 사람이 똑같이 자신들이 속했던 방파와 문파에서 탈퇴하고는 이곳에서 한 사람을 주군으로 모시고 있는 것이다.

아무리 생각을 해봐도 어떻게 된 일인지 모를 일이다.

한참 만에야 혜성신니가 보진을 발견하자 그녀가 공손히 고개를 숙였다.

"평안하셨습니까?"

"너는 정현왕부에 호위고수로 갔다는 보진이로구나. 너도 이곳에 있느냐?"

"그렇습니다."

혜성신니는 고개를 끄떡였다.

"그렇다면 정현왕 전하께서 비룡은월문에 계시다는 소문이 사실이었구나."

보진은 거기에 대해서 대답하지 않았다.

화운룡이 가볍게 포권을 했다.

"나는 화운룡이오."

신풍개와 혜성신니 등도 마주 인사를 했다.

화운룡이 먼저 자리에 앉았다.

"다들 앉읍시다."

화운룡 맞은편에 신풍개와 혜성신니가 앉고 뒤에 개방 고수들과 혜정신니가 서 있는 것과는 달리, 장하문과 명림, 보진, 몽개는 화운룡 좌우에 꼿꼿한 자세로 앉았다.

신풍개와 혜성신니는 그들의 그런 행동을 보고는 그들이 예의가 없고 무질서하다고 여기기보다는 화운룡이 수하들을 격의 없이 편하게 대한다는 사실을 짐작했다.

개방과 아미파 사람들은 비로소 화운룡을 주시하며 살피기 시작했다.

그들은 이곳에 오기 전에 이미 비룡은월문에 대해서 자세히 조사를 했다.

올해 초까지만 해도 태주현의 삼류문파 축에도 들지 못했던 해남비룡문이 겨우 십 개월 만에 사람들 입에서 춘추십패라고 거론될 정도로 급성장해 온 과정을 하나도 놓치지 않고 차근차근 조사했다.

그 결과 신풍개와 혜성신니는 한 가지 놀라운 사실을 알게되었다.

그 모든 일들을 이룬 중심에는 오직 한 사람, 비룡은월문의 군사인 신기서생 장하문이 버티고 있었다는 사실이다. 즉, 그가 오늘날의 비룡은월문을 만들었다는 뜻이다.

신풍개와 혜성신니는 비룡은월문 문주 화운룡이 이제 겨우약관의 나이인 이십 세라는 사실에 매우 놀랐으나 막상 실물을 보니까 눈이 번쩍 떠질 만큼 절세적인 미남이라는 사실뿐그다지 특출한 인물은 아닌 것 같았다.

그래서 오늘날의 비룡은월문으로 성장시킨 사람은 역시 소문대로 군사인 신기서생 장하문의 공로일 것이라고 다시 한번 확신했다.

하녀들이 차를 다시 내오고 잠시 시간이 흐르고 나서 화운룡이 말문을 열었다.

"내게 볼일이 있으면 말하시오."

그가 단도직입적으로 말하자 잠시 침묵을 지키던 신풍개가 나직한 목소리로 입을 열었다.

"우선 우리에 대해서 설명을 하겠소."

"구림육파를 말하려는 것이오?"

"알고 있소?"

화운룡은 고개를 끄떡였다.

"천외신계로부터 무림을 구하려고 모인 여섯 개 방파와 문파라고 알고 있소."

화운룡의 입에서 거침없이 '천외신계'라는 말이 나오자 신풍개와 혜성신니 등은 의외라는 표정을 지었다. 비룡은월문 문주 화운룡이 천외신계를 알고 있을 것이라곤 예상하지 못했기 때문이다.

"천외신계를 알고 있소?"

장하문이 조용한 목소리로 나섰다.

"본 문은 태주현을 중심으로 백 리 이내에 천외신계 세력을 발본색원했소."

신풍개와 혜성신니 등은 적잖이 놀랐다. 방금 그 말에 의하
면 비룡은월문은 비단 천외신계를 알고 있을 뿐만 아니라 그
세력까지도 찾아내서 뿌리를 뽑았다는 것이므로 놀라지 않을
수가 없다.

신풍개가 젊고 영준한 장하문에게 물었다.

"혹시 귀하가 신기서생이오?"

"그렇소."

신기서생은 안휘성 합비의 패자 태극신궁의 책사로 있으면
서 작은 명성을 얻었다.

이후 그는 태주현의 삼류문파 해남비룡문의 군사가 되어
불과 십 개월 만에 오늘날의 비룡은월문으로 키워내어, 현재
신기서생이라는 별호는 대강남북에 널리 퍼져 있었다. 신기서
생이라는 별호를 모르는 무림인은 거의 없을 정도다.

장하문이 자르듯이 말했다.

"구림육파가 뜻을 같이할 무림의 방파와 문파, 무림고수들
을 널리 규합하고 있는 것을 알고 있소만 본 문을 염두에 두
지는 마시오."

사실 신풍개와 혜성신니는 춘추십패로 급부상하고 있는 비
룡은월문을 구림육파에 끌어들이고 싶어서 찾아왔는데 말도
꺼내기 전에 거절을 당했다.

"거절하기 전에 내 말을 들어보시오."

"본 문의 뜻은 확고하오."

장하문은 잘라서 말했다.

"아까도 말했지만 본 문은 태주현을 중심으로 백 리 이내에는 천외신계가 발을 들여놓지 못하게 할 것이오."

그가 강경하게 나가는 터에 신풍개와 혜성신니는 꿀 먹은 벙어리가 되었다.

"구림육파가 천외신계를 상대하는 것처럼 본 문 또한 강소성 남쪽 지역에서 같은 일을 하고 있으므로 구태여 힘을 모을 필요는 없을 것 같소."

이로써 신풍개와 혜성신니는 더 이상 뭐라고 설득할 말이 없게 되었지만 그래도 한마디 하지 않을 수가 없다.

"구체적으로 비룡은월문이 어떤 일을 했소?"

장하문은 막힘없이 대답했다.

"사해검문과 모산파가 천외신계에 장악됐었소. 본 문은 두 문파의 천외신계 무리를 몰살시켰소."

"아……."

혜성신니가 탄성을 흘렸고 신풍개는 눈을 커다랗게 떴다. 사해검문과 모산파는 둘 다 대단한 문파들인데 천외신계에 장악됐었으며, 또한 비룡은월문이 그들을 일망타진했다는 것이다.

"또한 태주현 인근의 숭무문을 비롯한 다섯 개 방파와 문파가 천외신계에 장악된 것을 알고 그들도 깡그리 소탕하여 태주현 백 리 이내를 평화지대로 만들었소."

신풍개와 혜성신니 등은 '평화지대'라는 생소한 말을 유념해서 들었다.

"현재 사해검문과 모산파의 문주와 장문인을 비롯한 문도들이 본 문의 두 개 검대에 합류한 상태요."

신풍개는 이렇게 자세히는 모르고 있었기에 놀라움이 클 수밖에 없다.

잠시가 지나 놀라움이 가라앉자 혜성신니가 궁금하게 여기던 것을 물었다.

"비룡은월문은 무엇 때문에 태주현을 중심으로 백 리 이내만 지키려는 것이오?"

장하문은 돌려서 대답했다.

"무림의 여타 방파나 문파들이 우리처럼 자신들의 지역을 굳건하게 지킨다면 천마혈계가 발동하더라도 문제 될 것이 없지 않겠소?"

장하문은 화제를 바꿨다.

"방주께 부탁이 있소."

신풍개와 혜성신니는 말도 꺼내지 못하게 만들더니 이젠 넉살좋게 부탁이 있다고 한다.

"말해보시오."

말은 그렇게 하지만 신풍개는 들어주고 싶은 생각이 없다.

"본 문은 황산파를 치려고 하는데 개방이 황산파에 대해서 조사를 해주었으면 좋겠소."

신풍개와 혜성신니 등은 아연실색했다.

황산파는 장강 이남 지역을 총괄하는 천외신계 최고 세력 형산파 바로 아래의 중간급 문파다.

구림육파도 형산파를 비롯한 천태파나 막부파, 황산파에 대해서는 손을 댈 엄두를 못 내고 있는데 비룡은월문이 황산파를 공격하겠다는 것이다.

장하문은 딱 부러지게, 그러나 정중하게 말했다.

"개방이 황산파에 대한 자세한 정보를 제공한다면 본 문은 황산파를 토벌하겠소."

第十一章

대륙상단(大陸商團)

　비룡은월문이 황산파를 토벌하려는 계획에 신풍개는 전적
으로 지원하겠다고 약속했다.

　신풍개는 황산파에 대해 조사와 정보 수집을 하는 것 말고
도 그들을 공격할 때에도 돕겠다고 덧붙였다.

　혜성신니는 아미파 제자들이 먼 곳에 있으므로 자신과 혜
정신니 두 사람이 돕겠다고 했다.

　천외신계와 맞서는 일이라면 그 어떤 일이라도 두 팔 걷고
나서겠다는 것이 그들의, 아니, 구림육파의 의지라고 힘주어서
말했다.

화운룡은 태주현 인근과 황산파 인근의 개방분타들이 황산파에 대한 조사를 마칠 때까지 신풍개와 혜성신니 일행이 비룡은월문 용황락 빈객전에 머물도록 배려했다.

원종이 화운룡에게 긴밀하게 할 얘기가 있다고 했다.

"주인님, 제가 갖고 있는 재산이 조금 있는데 주인님께 드리고 싶습니다."

운룡재 서재에서 차를 마시고 있는 화운룡 맞은편에 선 원종이 공손하게 말했다.

"앉아라. 서 있는 사람의 얘긴 듣고 싶지 않다."

원종은 자신과 화운룡이 주종관계라고 생각하고 있지만 정작 화운룡이 자신을 단 한 번도 종으로 대한 적이 없다는 사실을 잘 알고 있다.

종이니 주인님이니 하는 것도 다 원종이 하는 말뿐이고 화운룡은 원종에게는 물론이고 어느 누구에게도 그를 종이라고 말한 적이 없으며, 원종의 가족에게도 그를 자신의 가까운 측근이라고 소개를 했다는 것이다.

원종은 자신에게까지도 최측근 수하처럼 같은 탁자에 앉으라고 하는 화운룡에게 더없는 고마움을 느끼며 맞은편에 조심스럽게 앉았다.

"원종, 네 재산은 나중에 동오와 손주들에게 물려주는 것이 좋겠다."

원종은 자신의 재산을 화운룡에게 바치겠다고 결심했으므로 무슨 일이 있어도 관철시킬 각오다.

"주인님께서 제 녹봉을 은자 천 냥씩이나 주시는 덕분에 아들과 손주 녀석들의 앞날은 걱정이 없습니다."

화운룡은 원종의 아들 원동오가 할 수 있는 적당한 일을 찾아보라고 장하문에게 지시했다.

장하문은 비룡은월문이 사용하는 모든 물건들을 구입하고 창고에 보관, 관리하는 부서인 운능전(運能殿) 단주 자리에 원동오를 내정하고는 한 달 동안 업무를 익힌 후에 정식으로 지위에 오르라고 말해주었다.

운능전 전주 밑에는 부전주와 세 명의 단주가 있으며, 원동오가 맡은 단(檀)은 비룡은월문이 구입한 물자들을 보관하는 창고 관리를 담당하고 있다.

원동오 아래에는 세 명의 조장과 십오 명의 호위무사, 창고 관리자, 물건들을 나르는 잡역부들까지 백여 명이나 되며, 그들 모두 비룡은월문의 외성(外城)에서 가족과 함께 살고 있다.

외성이라고 해서 비룡은월문 바깥에 있는 것이 아니라, 성내에 있으면서 문파고수가 아닌 숙수나 하녀 등 외적인 일을 하는 사람들의 거처다.

외성은 놀랍게도 하나의 거대한 마을을 이루고 있다. 여러 줄기의 계류와 거미줄 같은 운하, 들판과 인공으로 만든 가산 들 사이에 여기저기 각 방면의 일을 하는 사람들이 모여서 부락을 이루고 있으며, 생활에 필요한 거의 모든 점포들이 즐비하게 늘어서 있다. 심지어 주루와 다루, 기루들도 성황을 이루고 있는 중이다.

원종은 자신의 거처인 대궐 같은 원종각에서 꿈에 그리던 가족들과 함께 하루하루 꿈같은 나날을 보내고 있다.

지금 그가 보내고 있는 하루가 예전의 십 년보다 더 달콤하고 행복하다고 말한다면 현재 그의 심정을 십분지 일쯤 설명하는 것이다.

원종은 원동오가 운능전 단주가 됐다는 사실을 모르고 있다가, 이틀이 지난 후에야 아들이 식사 시간에 한껏 들떠서 자신이 맡은 일에 대해 신나게 자랑하는 설명을 듣고 알게 되었다.

업무를 숙달시키는 훈련 기간이 끝나고 정식으로 단주에 오르게 되면 매월 녹봉이 은자 백오십 냥이라고 하니까, 예전 같으면 은자 한 냥으로 충분히 먹고살며 백사십구 냥을 저축할 것이다.

원종만 꿈같은 나날을 보내고 있는 것이 아니라 가족 모두 신천지에서 행복한 새 삶을 살고 있는 것이다.

원종은 이곳 비룡은월문 원종각이 자신의 마지막 안식처라고 생각했다.

이곳에서 화운룡을 보필하면서 꿈에 그리던 가족들과 행복하게 살다가 생을 마감한다는 것이 요즘 그가 새로 세운 인생 목표다.

그러므로 그동안 모아두었던 돈이 더 이상 필요하지 않게 된 것이다.

"주인님께서 크나큰 은혜를 여러 차례 베푸셨는데 저는 염치없이 넙죽넙죽 받기만 했습니다. 그래서 갖고 있는 약간의 재산을 드리려고 하오니 부디 뿌리치지 마십시오."

"원종."

"주인님께서 저의 성의를 거절하시면 저는 가족을 데리고 이곳을 떠날 수밖에 없습니다."

원종이 화운룡의 말을 끊는 경우는 한 번도 없었는데, 지금 그는 자신의 할 말만 하고 있었다.

"너 고집불통이구나."

원종은 이마를 탁자에 대고 진심으로 말했다.

"저라는 놈을 잘 아시잖습니까? 몇 푼 재산이 있으면 저는 언젠가 또다시 가족을 버리고 떠날지 모릅니다. 그러니까 주인님께 저의 재산을 모두 바치고 빈털터리가 돼야지만 가족 곁에 붙어 있을 겁니다."

원종이 아무리 말도 안 되는 궤변을 늘어놓더라도 화운룡

의 마음을 움직일 수는 없다. 지금 그의 마음을 움직이는 것
은 원종의 진심이다.

"알았다. 네 재산을 받도록 하마."

"감사합니다."

원종은 일어나서 꾸벅 허리를 굽혔다. 허리를 펴는 그의 만
면에는 그동안 지고 있던 무거운 멍에를 벗어버렸다는 홀가분
한 표정이 가득 떠올랐다.

"감사합니다, 주인님."

얼마나 고마운지 그는 거듭 고맙다고 절을 올렸다.

화운룡은 호법대 열한 명의 제자 모두에게 십절신공을 전
수했으며, 그녀들이 심법을 신공으로 변환할 수 있도록 신공
체질로 만들어주었다.

두 시진에 걸쳐서 열한 명 모두의 신공체질을 완성한 화운
룡은 나무 침상에 일자로 곧게 엎드려 있는 마지막 제자의 어
깨를 두드렸다.

"호(皓)아야, 다 됐다. 일어나서 운공조식을 해봐라."

제자들 중에서 가장 어린 십오 세 호아는 일어나 앉아서
가부좌를 틀고 운공조식에 들어갔다.

아직 어린 호아는 조금도 부끄러워하지 않고 눈을 꼭 감은
채 열심히 운공조식을 했다.

화운룡은 귀여운 손녀를 대하듯 흐뭇한 미소를 지으면서 바라보았다.

그가 이십 대 초반에 혼인을 했다면 팔십사 세에는 호아 같은 증손녀가 있었을 것이니 어찌 귀엽지 않겠는가.

화운룡은 자신의 속에 두 개의 마음이 깃들어 있다는 사실을 요즘 들어서 깨닫게 되었다.

그의 몸은 팔팔하고 건장한 이십 세 젊은이지만 마음은 팔십사 세 노인과 이십 세 청년 두 개가 서로 대치, 혹은 조화를 이루고 있다.

팔십사 세 노인은 물론 십절무황인이다.

그렇지만 이십 세 청년의 마음은 또다시 둘로 갈라진다. 과거 이십 세 시절의 기억을 갖고 있는 마음이 하나이고, 새로운 인생을 다시 살게 되는 이십 세 청년의 마음이 또 하나다.

그런데 후자 이십 세 청년은 매일 매시간 예전에는 몰랐던 젊은이다움을 열심히 배우고 있는 중이다.

그래서 예전의 이십 세 마음과 신세대의 이십 세 마음이 서로 어우러져서 묘한 조화를 이루고 있다.

거기에 팔십사 세 노인네 마음이 슬그머니 나타나서 초를 칠 때가 종종 있다.

지금 호아를 바라보고 있는 것은 팔십사 세 십절무황이다.

화운룡은 호아가 운공조식을 끝낼 때까지 기다렸다가 미소를 지으며 물어보았다.

"어떠냐, 호아야?"

호아는 매우 신기한 듯 커다란 눈을 깜빡거렸다.

"운공조식을 하니까 예전에는 공력이 냇물처럼 혈맥을 흘렀었는데 방금 전에는 빛(光) 같은 것이 번쩍거리면서 강물처럼 흐르고 있어요, 사부님."

화운룡은 문득 '사부님'이라는 소리가 듣기 좋아서 호아의 머리를 쓰다듬었다.

"그 빛을 검에 실어서 발출하면 검강이 되고 장공으로 뿜어내면 강기가 된단다."

"아아… 그런 건가요? 정말 신기해요."

화운룡은 눈을 동그랗게 뜨고 호들갑스럽게 말하는 호아가 너무 귀여웠다. 십절무황 노인네 마음이 나타나서는 사라지지 않고 있다.

"사부님, 그렇다면 저는 언제 검강이랑 강기를 전개해 볼 수 있나요?"

"하고 싶으냐?"

"하고 싶어요."

"공동연공실에 다들 모여 있을 테니까 이제 곧 해보자."

"네에!"

호아가 참새가 짹짹거리듯이 입을 벌리고 힘차게 대답했다.

화운룡이 자상하게 머리를 쓰다듬자 호아는 까만 눈을 깜빡거리며 그를 바라보았다.

"사부님은 어렸을 때 저의 할아버지 같아요."

호아가 희한한 말을 했다.

"내가 이렇게 젊었는데 할아버지 같다는 말이냐?"

"그러게 말이에요? 제가 이상한가 봐요."

순수한 심성의 호아가 능구렁이 십절무황을 알아보고 또 느낀 모양이다. 그래서 세상에서 제일 강한 것을 순수함이라고 하나 보다.

그때 명림이 들어오더니 호아를 내보내고 나서 화운룡에게 따지듯이 물었다.

"제자들 열한 명은 모두 저처럼 마지막에 이상한 자세를 취하고 있지 않았다는데 어떻게 된 일이죠?"

열한 명의 제자들에게 신공체질로 전환하기 위해서 고양이가 기지개 켜는 자세를 취했었느냐고 일일이 물어본 명림이다.

화운룡은 태연하게 대답했다.

"내가 새로운 방법을 생각해 냈기 때문에 이제는 그런 자세를 취하지 않아도 된다."

명림은 눈이 세모꼴이 됐다.

"언제 생각해 내신 건데요?"

"아까."

원래 거짓말을 못하는 화운룡은 거짓말을 하는 것이 찔렸으나 탄로 날 경우 명림에게 보복당할 것을 생각하면 이럴 수밖에 없다고 생각했다.

그래도 다행인 것은 모두의 뇌리에 화운룡은 절대로 거짓말을 하지 않는 사람이라는 인식이 깊이 박혀 있다는 사실이다.

그렇지만 그것은 미래의 일이다. 화운룡은 때에 따라서는 약간의 거짓말이 위기를 모면케 해준다는 사실을 과거로 돌아온 삶에서는 조금씩 깨닫기 시작했다.

그도 진화하고 있는 것이다.

명림은 그가 절대로 거짓말을 하지 않는다고 믿고 있기 때문에 더 이상 의심하지 않았다.

"제자들을 다 모이라고 했어요. 무얼 하실 거죠?"

화운룡은 명림과 연공실을 나가며 대답했다.

"다들 신공체질이 됐으니까 체내의 공력을 강기로 전환해서 발출하는 방법을 가르쳐 주겠다."

"아아… 드디어."

명림은 두 손을 모아서 가슴에 모으면서 한껏 기대 어린 표정을 지었다.

화운룡은 그녀의 손에 쥐어져 있는 붉은색의 옷을 턱으로 가리켰다.

"그건 무엇이냐?"

"당신과 제가 일체신공할 때 입을 옷이에요. 진아 것은 제게 잘 맞지 않아서 새로 만들었어요."

명림 말대로 그녀와 보진은 체격이 조금 다르다. 보진이 키가 큰 편이고 명림은 반 뼘쯤 작으면서 아담한 편이었다.

운룡재 삼 층 넓은 연무장에서 화운룡은 명림을 비롯한 열한 명의 제자들에게 체내의 공력을 어떻게 강기로 변환을 해서 발출하는지에 대해서 두 시진 넓게 설명했다.

명림을 비롯한 열한 명 모두 생사현관을 타통했으며 십절신공을 전수했고, 또 심법을 신공으로 전환할 수 있도록 신공체질로 변했으므로 강기를 발출할 수 있는 준비는 완벽하게 갖추어진 셈이다.

이제는 실습만 남았다.

"명림아, 내가 한 말 잘 이해했느냐?"

"네."

바짝 긴장한 명림이 전면 삼 장 거리에 새로 갖다놓은 한아름 굵기의 원통형 쇠기둥을 노려보았다.

화운룡은 명림의 몸이 지나치게 단단히 굳어 있는 것을 보고 가볍게 어깨를 때렸다.

탁!

"인석아, 긴장 풀어라."

"아······."

명림은 깜짝 놀라서 배시시 웃었다.

"저도 모르게 긴장했어요."

열한 명의 제자들은 새파란 이십 세 화운룡이 얼마 전까지 자신들의 하늘같은 사부였던 명림에게 '명림아'라고 아버지가 딸을 부르듯이 부르는가 하면, 또 아무렇지 않게 그녀를 철썩 때리며 꾸짖는 것을 보고 깜짝 놀라면서도 입을 가리고 킥킥 웃었다.

그렇지만 정작 당사자인 명림은 아무렇지도 않았다.

"공력을 팔에 모았다가 검을 통해서 발출하는 것은 하책이다. 그러니까 단전의 공력을 그대로 거침없이 검을 통해서 일직선으로 뿜어질 것이라고 믿는 마음으로 전개를 해라."

"알았어요."

명림은 긴장을 풀기 위해서 두 팔을 늘어뜨리고 가볍게 흔들었다.

그렇게 했는데도 긴장이 풀리지 않자 그녀는 화운룡에게 전음을 보냈다.

[운검, 한 대 더 때려주세요.]

그런 부탁을 거절할 화운룡이 아니다. 그는 조금 전보다 더욱 세게 명림의 꿀밤을 때렸다.

철썩!

머리를 세게 맞는 순간 명림은 아픔은 전혀 느끼지 못하고 대신 긴장이 확 풀리는 것을 느꼈다.

어쩌면 그녀는 자신도 모르는 사이에 피학대증(被虐待症: 마조히즘)의 세계에 발을 들여놓고 있는지도 몰랐다.

*   *   *

정말 꿀밤을 한 대 세게 맞았더니 신기하게도 명림은 긴장이 확 풀리고 이제부터 자신이 어떻게 해야 하는지 머릿속에 명료하게 다 떠올랐다.

그녀의 오른손이 느릿하게 어깨에 메고 있는 검으로 향했고 시선은 전면의 쇠기둥을 주시하고 있다.

슥…….

그녀의 손이 검파를 가볍게 잡았다.

스파앗!

다음 순간 명림에게서 한 줄기 눈부신 청광(靑光)이 전면을 향해 섬전처럼 일직선으로 폭사되었다.

칵! 퍽!

두 개의 각기 다른 음향이 터졌다.

열한 명의 제자들은 명림의 검에서 발출된 청광을 보지 못했다. 그저 명림에게서 청광이 뿜어졌다고만 생각했다.

그 정도로 빨랐기 때문에 청광을 눈으로 좇아서 쇠기둥에 적중되는 것은 아예 볼 수조차 없었다.

명림의 검은 어느새 뽑혀서 몸 정면의 아래를 향하고 있다. 위에서 아래, 세로로 그었기 때문이다.

바로 그때 모두가 뚫어지게 주시하고 있는 쇠기둥이 이상한 소리를 냈다.

쩌어…….

그러더니 정확하게 세로로 쪼개지면서 양쪽 바닥에 큰 소리를 내며 넘어졌다.

쿵! 쿵!

"아아……."

"엄마야……."

열한 명의 소녀들 입에서 비명에 가까운 탄성이 와르르 쏟아져 나왔다.

명림에게서 쇠기둥까지의 거리는 자그마치 삼 장이나 된다. 명림이 검을 뽑아서 앞으로 힘껏 뻗는다고 해봤자 일 장이 채 안 된다.

아니, 백 번 양보해서 일 장이라고 쳐도 검첨에서 쇠기둥까지의 거리는 이 장인데, 검이 닿지도 않은 상황에서 쇠기둥이 세로 절반으로 쪼개진 것이다.

더구나 도에 비해서 절반 이상 얇은 검으로 직접 쇠기둥을 긋는다고 해도 검이 부러질지언정 쇠기둥이 쪼개지는 일은 일어나지 않는다.

그런데 지금 한 아름 굵기에 어른 키 높이인 쇠기둥이 정확하게 세로로 쪼개져 있었다.

이것은 오로지 검강으로만 가능한 일이다. 검기가 아닌 검강인 것이다.

검강의 바로 아래 단계가 검기이며 그 아래가 검풍이다. 그런데 이들은 명림을 제외하고는 검풍조차도 전개해 본 적이 없었다.

검강을 전개한 명림이나 열한 명의 소녀들 모두 검강이 이 정도 위력일 줄은 예상하지 못했기에 혼비백산한 표정으로 한참이 지나도록 아무 말도 하지 못했다.

"잘했다."

화운룡의 잔잔한 목소리가 모두의 정신을 차리게 해주었다.

철썩!

"그건 그렇고, 힘 조절을 잘해야지!"

그런데 뒤이어서 화운룡이 느닷없이 명림의 어깨를 때리면서 꾸짖었다.

"저게 뭐냐?"

화운룡이 가리킨 곳은 쇠기둥을 지나 삼 장 떨어진 곳의 연공실 벽이다.

그런데 그 벽이 세로로 쩍 갈라졌다. 벽은 두 겹의 단단한 전괴(磚塊: 벽돌)로 쌓은 것인데 그곳이 통째로 갈라져서 그 틈으로 바깥 풍경이 살짝 보였다.

명림이 발출한 검강이 얼마나 강력했으면 쇠기둥을 세로로 쪼개고도 여력이 남아서 벽마저 쪼갠 것이다.

화운룡의 일침이 가해졌다.

"공력을 적절하게 주입하고 거리를 재는 것이 무엇보다도 중요하다. 만약 표적 너머에 우리 편이 있다면 명림 너는 방금 내 편을 죽인 것이다."

"죄송해요."

명림은 검강을 성공시키고도 죄인처럼 고개를 숙이며 어쩔 줄 몰랐다.

잠시 생각하던 화운룡은 입구로 향했다.

"안 되겠다. 다들 지하연공실로 가자.'

지하연공실은 창문 하나 없이 사방이 막혀 있으므로 검강을 연마하다가 집을 부수는 일은 없을 것이다.

용황락 입구를 지키는 호위무사가 낯선 중년 여인 한 명을 운룡재로 데리고 왔다.

"원종의 수하라고?"

운룡재 접객실에서 중년 여인은 꼿꼿한 자세로 대답했다.

"그렇습니다."

화운룡은 양쪽에 장하문과 보진을 대동하고 중년 여인을 만나러 접객실에 왔다.

"날 보자고 했소?"

"그렇습니다."

이런 중년의 여인이 원종의 수하라는 사실도 뜻밖이고 그렇다면 원종을 만나야지 어째서 화운룡을 만나자고 했는지 모를 일이었다.

"만났으니 무슨 용건인지 말하시오."

"저는 주인님의 재산을 관리하는 사람입니다. 그 재산을 화문주께 인도하려고 찾아왔습니다."

중년 여인은 원종을 '주인님'이라고 불렀다. 그런데 원종이 화운룡을 '주인님'이라고 부르니까 화운룡에게 중년 여인은 '종의 종'인 셈이다.

원종이 바쁘게 천하를 돌아다니고 있으니까 자신의 점포나 사업을 이 중년 여인에게 맡겨서 운영시켰던 것이라고 화운룡은 이해했다.

그래도 원종의 재산 규모가 꽤 되는 모양이다. 관리하는 사람까지 따로 있을 정도니까 말이다.

원종은 수십 년 동안 만공상판 노릇을 하면서 돈을 긁어모았으므로 제법 거금일 것이다.

화운룡은 고개를 끄떡였다.

"원종이 갖고 있는 재산을 주겠다고 해서 내가 수락했소. 일단 앉읍시다."

보진과 장하문이 화운룡 좌우에 앉고 맞은편에 중년 여인이 꼿꼿한 자세로 앉았다.

명림은 호법대 열한 명과 함께 지하연공실에서 강기 연마에 몰두하고 있어서, 보진이 대신 화운룡을 호위했다.

명림이 없을 때는 언제나 보진이 화운룡을 호위했던 터라 그녀는 모처럼만에 화운룡을 호위하며 행복한 한때를 만끽하고 있다.

소랑과 십오룡신 비룡 전중의 젊은 아내 연랑이 차와 다과를 내왔다.

화운룡이 연랑을 불렀다.

"랑아."

"네? 상공."

"네."

소랑과 연랑이 둘 다 랑이라서 함께 대답했다.

"연랑 말이다."

"네, 상공."

십팔 세 연랑이 남산처럼 부른 만삭의 배로 뒤뚱거리면서 다가와 화운룡 앞에 섰다.

화운룡은 연랑과 만삭의 배를 번갈아 보면서 타일렀다.

"랑아, 이제 곧 해산을 할 텐데 무리하지 말고 쉬어라."

"네, 상공."

소랑과 연랑이 나간 후에 중년 여인이 정식으로 자신의 소개를 했다.

"저는 소향대수(蘇香大嫂)라고 합니다."

'소향대수'라는 호칭을 화운룡은 무심하게 들어 넘겼지만 장하문과 보진은 깜짝 놀랐다.

그러나 사실 화운룡은 '소향대수'라는 별호를 들었을 때 가볍게 놀랐지만 내색하지 않았다.

그는 소향대수를 잘 알고 있으며 그녀도 그를 너무도 잘 알고 있다.

하지만 그것은 지금으로부터 십오 년 후의 일이며 소향대수는 지금의 이런 모습이 아니었다.

십오 년 후 소향대수는 지금과는 많이 다른 모습에 절박한 상황에 처해 있었다.

장하문이 놀라움을 억누르고 물었다.

"설마 당신이 대륙상단(大陸商團)의 총단주인 소향대수라는 말이오?"

중년 여인 소향대수는 가볍게 고개를 숙였다.

"그렇소."

그녀는 화운룡에겐 더없이 깍듯하지만 장하문에겐 평이하게 대했다.

그러나 장하문에게는 그게 중요하지가 않았다. 중년 여인이 중원오대상단 중에 하나인 대륙상단의 총단주라는 사실 때문에 한순간 머릿속이 하얘졌다.

'이런 맙소사! 만공상판의 재산이라는 것이 대륙상단이었다는 말인가?'

보진은 천하의 상단에 대해서 잘 모르지만 대륙상단이 워낙 유명하기에 지금껏 귀에 딱지가 앉을 정도로 자주 들었다.

대륙상단을 한마디로 설명하는 유명한 말이 있다.

대륙상단이 없으면 중원도 없다.

중원에서 대륙상단이 관여하지 않은 사업이 없으며, 대륙상단이 가지 못하는 곳이 없고, 대륙상단의 도움 없이는 웬만한 주루나 기루에서 요리를 먹을 수도 없다는 사실은 그리 유명한 것도 아니다.

장하문은 설마 원종이 대륙상단의 실제 주인일 줄은 꿈에도 몰랐으며, 그가 화운룡에게 주겠다는 재산이 대륙상단일 줄은 더더욱 몰랐다.

그래도 확인이 필요했다. 장하문은 호흡을 가다듬고 진지하게 물었다.

"소향대수께서 무슨 일로 오신 것이오?"

대륙상단의 총단주인 소향대수는 천하에서 가장 유명한 인물 중에 한 명이다.

여북하면 그녀를 만나는 것이 황제를 만나는 것보다 어렵다는 말이 있을 정도다.

심지어 황궁에서조차도 그녀의 도움을 필요로 하고 있다. 대륙상단이 자금과 물건을 대주지 않으면 황궁이 문을 닫을 것이라는 말은 결코 헛소문이 아니다.

소향대수는 차분하게 말했다.

"조금 전에도 말씀드렸듯이 주인님의 재산을 비룡은월문화 문주께 드리는 작업을 하려고 왔습니다."

"흠."

화운룡은 고개를 끄떡이고 나서 장하문에게 물었다.

"대륙상단이 어느 정도인가?"

사실 화운룡은 대륙상단을 알고 있다. 하지만 그가 알고 있는 것은 현재가 아닌 미래의 대륙상단이라서 현재 대륙상단의 규모를 정확하게 모른다. 또한 미래에는 '대륙상단'이 아닌 다른 이름으로 불렸다.

"저도 정확하게 모르겠습니다."

대륙상단이 워낙 거대하기 때문에 대충 짐작은 해도 하루 수익이 얼마인 것까지는 장하문이 알 수가 없다.

"현재 우리 해룡상단은 하루에 은자 오만 냥의 수익을 올리고 있소만, 대륙상단은 어떻소?"

가장 쉽게 돈으로 비교를 해보자는 것이다.

해룡상단은 장하문이 사업에 직접 관여한 이후에 하루가 다르게 일취월장 발전해서 오늘에 이르렀다. 하루에 은자 오만 냥이면 한 달에 백오십만 냥이니 엄청난 액수다. 예전 해룡상단은 한 달에 이십만 냥 수준이었다.

소향대수는 차분하게 대답했다.

"본 단의 사업은 크게 네 개로 분류하고 있소. 해외 교역과 국내 교역, 운송, 그리고 찬영(餐營: 요식업) 사업이오. 그중에서 규모가 가장 작은 운송의 경우 하루 수익이 금 이백만 냥이라고 알고 있소."

"으음……."

강심장인 장하문조차도 눈을 부릅뜨더니 기가 질려서 신음을 토해내고 말았다.

대륙상단에서 가장 규모가 작은 운송 사업의 하루 수익이 금으로 이백만 냥이라고 한다.

그렇다면 은자로 육천만 냥이니 해룡상단 오만 냥의 무려 천이백 배에 달하는 어마어마한 금액이다.

그게 대륙상단의 네 개 사업 중에서 가장 작은 규모인 운송만 그렇다는 얘기다.

소향대수는 철석간담 장하문을 계속 놀라게 만들었다.

"나는 각 부문의 우두머리들을 대동하고 왔으며 오늘 이 자리에서 대륙상단을 화 문주께 넘겨 드리고자 합니다."

'맙소사… 대륙상단을 주군께……'

화운룡이 불쑥 물었다.

"대륙상단을 내게 주면 그대는 어쩔 건가?"

소향대수는 고개를 숙이고 공손히 말했다.

"조용히 살 겁니다."

그녀는 진지하게 화운룡을 바라보았다.

"감히 부탁드릴 것이 있습니다."

화운룡은 고개를 끄떡였다.

"말해보게."

대륙상단의 총단주 소향대수를 만나자마자 느긋하게 아랫사람으로 대하는 화운룡의 의연함에 장하문은 내심으로 '과연!'을 연발했다.

"본 단 네 개 부문 사업 즉, 사방서업단(四方緖業團)의 단주나 고위직은 단을 떠난다고 하더라도 중간급 이하 사람들은 수십만 명이나 되는데 화 문주께서 너그럽게 그들을 승계해 주심이 어떠신지요?"

말하자면 대륙상단에 몸담고 있는 수십만 명의 인위(人位: 직원)들은 지금처럼 그대로 일하게 해달라는 부탁이다. 그들에게 딸린 식구들이 있으므로 갑자기 하던 일을 잃으면 생계가 막막해지기 때문이다.

화운룡은 장하문과 보진을 내보내고 소향대수와 단둘이 마주 앉았다.

소향대수는 화운룡이 갑자기 사람들을 내보내는 것이 무슨 이유인지 알지 못하고 적잖이 긴장했다.

『와룡봉추』 9권에 계속…